Marguerite Yourcenar

de l'Académie française

Denier
du Rêve

Version définitive

Gallimard

Née en 1903 à Bruxelles d'un père français et d'une mère d'origine belge, Marguerite Yourcenar grandit en France, mais c'est surtout à l'étranger qu'elle résidera par la suite : Italie, Suisse, Grèce, puis Amérique où elle vit dans l'île de Mount Desert, sur la côte nord-est des États-Unis.

Son œuvre comprend des romans : *Alexis ou Le Traité du Vain Combat* (1929), *Le Coup de Grâce* (1939), *Denier du Rêve* (version définitive en 1959); des poèmes en prose : *Feux* (1936); en vers réguliers : *Les Charités d'Alcippe* (1956); des nouvelles; des essais : *Sous Bénéfice d'Inventaire* (1962), *Mishima ou La Vision du Vide* (1980); des pièces de théâtre et des traductions, en particulier celles de poèmes de Cavafy, d'Hortense Flexner ainsi que, sous le titre *La Couronne et la Lyre,* d'un vaste choix de poèmes grecs anciens.

Mémoires d'Hadrien (1951), roman historique d'une vérité étonnante, vaut à son auteur une réputation mondiale. *L'Œuvre au Noir* obtient à l'unanimité le prix Femina en 1968.

Marguerite Yourcenar entreprend alors un triptyque familial dont les deux premiers panneaux sont déjà parus : *Souvenirs Pieux* (1974) et *Archives du Nord* (1977). Le troisième s'intitulera *Quoi, l'Éternité ?*

En 1980, Marguerite Yourcenar est élue à l'Académie française, première femme dans l'histoire de cette institution.

PRÉFACE

Une première version de Denier du Rêve, *quelque peu plus courte, a paru en 1934. Le présent ouvrage en est bien plus qu'une simple réimpression ou même qu'une seconde édition corrigée et augmentée de quelques passages inédits. Des chapitres presque entiers ont été réécrits et parfois considérablement développés ; à de certains endroits, les retouches, les coupures, les transpositions n'ont épargné presque aucune ligne de l'ancien livre ; à d'autres, au contraire, de grands blocs de la version de 1934 demeurent inchangés. Le roman, tel qu'il se présente aujourd'hui, est pour près d'une moitié une reconstruction des années 1958-1959, mais une reconstruction où le nouveau et l'ancien s'imbriquent à tel point qu'il est presque impossible, même à l'auteur, de discerner à quel moment l'un commence et l'autre finit.*

Non seulement les personnages, leurs noms, leurs caractères, leurs rapports réciproques, et le décor où ils se situent sont restés les mêmes, mais les thèmes principaux et secondaires du livre, sa structure, le point de départ des épisodes et le plus souvent leur point d'arrivée n'ont nullement changé. Le roman a toujours pour centre le récit mi-réaliste, mi-symbolique, d'un attentat antifasciste à Rome en l'an XI de la dictature. Comme autrefois, un certain nombre de figures tragi-comiques, de plus ou moins près reliées au drame, ou parfois totalement étrangères à lui, mais presque toutes affectées plus ou moins consciemment par les conflits et les mots d'ordre du temps, se groupent autour des trois ou quatre héros de l'épisode central. L'intention qui consiste à choisir des personnages qui à première vue pourraient sembler échappés d'une Commedia ou plutôt d'une Tragedia dell'Arte moderne, mais aux seules fins d'insister immédiatement sur ce que chacun d'eux a de plus spécifique, de plus irréductiblement singulier, puis de faire parfois deviner en eux un quid divinum plus essentiel qu'eux-mêmes, appartenait aussi au premier Denier du Rêve. Le glissement vers le mythe ou l'allégorie était à peu près semblable, et tendait également à confondre en un tout la Rome de l'an XI du fascisme et la Ville où se noue et se dénoue éternellement l'aventure humaine. Enfin, le choix d'un moyen volontairement stéréotypé, celui de la pièce de monnaie passant de main en main, pour relier entre eux des épisodes déjà apparentés par la réapparition des mêmes personnages et des mêmes thèmes, ou par l'introduction de thèmes complémentaires, se rencontrait déjà dans la première version du livre, et la pièce *de dix lires y devenait comme ici le symbole du contact entre des êtres humains enfoncés, chacun à sa manière, dans leurs propres passions et leur intrinsèque solitude. Presque toujours, en réécrivant partiellement* Denier du Rêve, *il m'est arrivé de dire, en termes parfois très différents,* presque exactement la même chose.

Mais, s'il en est ainsi, pourquoi s'obliger à une reconstruction si considérable ? La réponse est bien simple. A la relecture, certains passages m'avaient paru trop délibérément elliptiques, trop vagues, parfois trop ornés, trop crispés ou trop mous, ou encore quelquefois et tout bonnement mal venus. Les modifications qui font du livre de 1959 un ouvrage différent de celui de 1934 sont toutes dans le sens de la présentation plus complète, et donc plus particularisée, de certains épisodes, du développement psychologique plus poussé, de la simplification et de la clarification ici, et, s'il se peut, de l'approfondissement et de l'enrichissement là. J'ai tenté d'accroître en maint endroit la part de réalisme, ailleurs, celle de la poésie, ce qui finalement est ou devrait être la même chose. Les passages d'un plan à un autre, les transitions brusques du drame à la comédie ou à la satire, fréquents autrefois, le sont encore davantage aujourd'hui. Aux procédés déjà employés, narration directe et indirecte, dialogue dramatique, et parfois même aria lyrique, est venu s'adjoindre, à d'assez rares occasions, un monologue intérieur qui n'est pas destiné, comme c'est presque toujours le cas dans le roman contemporain, à nous montrer un cerveau-miroir reflétant passivement le flux des images et des impressions qui s'écoulent, mais qui se réduit ici aux seuls éléments de base de la personne, et presque à la simple alternance du oui et du non.

Je pourrais multiplier ces exemples, moins faits pour intéresser ceux qui lisent des romans que ceux qui en écrivent. Qu'il me soit permis, du moins, de m'inscrire en faux contre l'opinion courante qui veut que se remettre à une œuvre ancienne, la retoucher, à plus forte raison la refaire en partie, est une entreprise inutile ou même néfaste, d'où l'élan et l'ardeur ne peuvent qu'être absents. Bien au contraire, ç'a été pour moi à la fois une expérimentation et un privilège que de voir cette substance figée depuis si longtemps redevenir ductile, de revivre cette aventure imaginée par moi dans des circonstances dont je ne me souviens même plus, de me retrouver enfin en présence de ces faits romanesques comme devant des situations autrefois vécues, qu'on peut explorer plus avant, interpréter mieux ou expliquer davantage, mais qu'il n'est pas en notre pouvoir de changer. La possibilité d'apporter à l'expression d'idées ou d'émotions qui n'ont pas cessé d'être nôtres le profit d'une expérience humaine, et surtout artisanale, plus longue, m'a semblé une chance trop précieuse pour n'être pas acceptée avec joie, et aussi avec une sorte d'humilité.

C'est surtout l'atmosphère politique du livre qui d'une version à l'autre n'a pas varié et ne devait pas le faire, ce roman situé dans la Rome de l'an XI ayant avant tout à rester exactement daté. Ces quelques faits imaginaires, la déportation et la mort de Carlo Stevo, l'attentat de Marcella Ardeati, se placent en 1933, c'est-à-dire à une époque où les lois d'exception contre les ennemis du régime sévissaient depuis quelques années, et où plusieurs attentats du même genre contre le dictateur avaient eu lieu déjà. Ils se passent, d'autre part, avant l'expédition d'Éthiopie, avant la participation du régime à la guerre civile espagnole, avant le rapprochement avec Hitler, et bientôt l'assujettissement à lui, avant la promulgation de lois raciales, et, bien entendu, avant les années de confusion, de désastres, mais aussi d'héroïque résistance partisane de la seconde grande guerre du siècle. Il importait donc de ne pas mélanger à l'image de 1933 celle, plus sombre encore, des années qui virent la conclusion de ce dont la période 1922-1933 contenait déjà toutes les prémices. Il convenait de laisser au geste de Marcella son aspect de protestation quasi individuelle, tragiquement isolée, et à son idéologie cette trace de l'influence des doctrines anarchistes qui ont naguère si profondément marqué la dissidence italienne ; il fallait laisser à Carlo Stevo son idéalisme politique en apparence périmé et en apparence futile, et au régime lui-même l'aspect dit positif et dit triomphant qui fit si longtemps illusion, non pas tant peut-être au peuple italien lui-même qu'à l'opinion de l'étranger. L'une des raisons pour lesquelles Denier du Rêve a semblé mériter de reparaître est qu'il fut en son temps l'un des premiers romans français (le premier peut-être) à regarder en face la creuse réalité cachée derrière la façade boursouflée du fascisme, au moment où tant d'écrivains en visite dans la péninsule se contentaient encore de s'enchanter une fois de plus du traditionnel pittoresque italien ou s'applaudissaient de voir les trains partir à l'heure (en théorie du moins), sans songer à se demander vers quel terminus les trains partent.

Comme tous les autres thèmes du livre, cependant, et plus qu'eux peut-être, le thème politique se retrouve renforcé et développé dans la version d'aujourd'hui. L'aventure de Carlo Stevo y occupe un plus grand nombre de pages, mais toutes les circonstances indiquées sont celles qui figuraient déjà brièvement ou implicitement dans le premier récit. La répercussion du drame politique sur les personnages secondaires est davantage marquée : l'attentat et la mort de Marcella s'y trouvent (ce qu'ils n'étaient pas autrefois) commentés en passant non seulement par Dida, la vieille marchande de fleurs du coin, et par Clément Roux, le voyageur étranger, mais encore par les deux seuls comparses nouveaux introduits dans l'économie du livre, la dame du café et le dictateur lui-même, qui du reste demeure essentiellement ici ce qu'il était dans l'ancien roman, une énorme ombre portée ; la politique grise maintenant l'ivrogne Marinunzi presque autant que la bouteille. Enfin, Alessandro et Massimo, chacun à sa manière, se sont affermis dans leur fonction de témoins.

Personne sans doute ne s'étonnera que la notion

du mal politique ne joue dans la présente version un rôle plus considérable que dans celle d'autrefois, ni que le Denier du Rêve *de 1959 ne soit plus amer ou plus ironique que celui de 1934, qui l'était déjà. Mais, à relire les parties nouvelles du livre comme s'il s'agissait de l'ouvrage d'un autre, je suis surtout sensible au fait que l'actuel contenu en est à la fois un peu plus âpre et un peu moins sombre, que certains jugements portés sur la destinée humaine y sont peut-être un peu moins tranchés et pourtant moins vagues, et que les deux éléments principaux du livre, le rêve et la réalité, ont cessé d'y être séparés, à peu près inconciliables, pour s'y fondre davantage en un tout qui est la vie. Il n'y a pas de corrections de pure forme. Le sentiment que l'aventure humaine est plus tragique encore, s'il se peut, que nous ne le soupçonnions déjà il y a vingt-cinq ans, mais aussi plus complexe, plus riche, plus simple parfois, et surtout plus étrange que je n'avais déjà tenté de la dépeindre il y a un quart de siècle, a sans doute été ma plus forte raison pour refaire ce livre.*

Île des Monts-Déserts, 1959.

*C'est priser sa vie justement
ce qu'elle est, de l'abandonner
pour un songe.*

Montaigne, liv. III, chap. IV.

Paolo Farina était un provincial encore jeune, suffisamment riche, aussi honnête qu'on peut l'attendre d'un homme vivant dans l'intimité de la Loi, assez aimé dans sa petite bourgade toscane pour que son malheur même ne le fît pas mépriser. On l'avait plaint lorsque sa femme s'était enfuie pour suivre en Libye un amant près duquel elle espérait être heureuse. Elle ne l'avait guère été pendant six mois passés à tenir le ménage de Paolo Farina en recevant les aigres conseils d'une belle-mère, mais Paolo, aveuglément heureux de posséder cette jeune femme, et séparé d'elle par cet épais bonheur, ne s'était pas douté qu'elle souffrait. Quand elle partit, après une scène qui le laissa humilié devant les deux servantes, il s'étonna de n'avoir pas su s'en faire aimer.

Mais les jugements de ses voisins le rassurèrent; il la crut coupable, puisque la petite ville s'apitoyait sur lui. On mit l'escapade d'Angiola sur le compte du sang méridional, car on savait la jeune femme originaire de Sicile; on s'indignait pourtant que fût tombée si bas une personne qui devait être de bonne famille, puisqu'elle avait eu la chance d'être élevée à Florence au Couvent des Dames Nobles, et qui avait été si bien reçue à Pietrasanta. On s'accordait à trouver que Paolo Farina s'était montré en tout un mari parfait. Parfait, il l'avait été davantage que se l'imaginait la petite ville, ayant rencontré, secouru, puis épousé Angiola dans des circonstances où d'ordinaire un homme prudent n'épouse pas. Mais ces souvenirs ne lui servaient pas, comme ils l'auraient pu faire, à accuser la fugitive d'un surcroît d'ingratitude, car lui-même ne se les rappelait déjà presque plus. Il avait fait de son mieux pour les effacer de sa mémoire, en grande partie par bonté envers sa jeune femme, et pour lui faire oublier ce qu'il appelait sa mésaventure, un peu par bonté pour soi-même, et parce qu'il est désagréable de se dire que c'est par ricochet, en quelque sorte, que la femme qu'on possède vous est tombée dans les bras.

Présente, il l'avait placidement chérie; absente, Angiola flambait de tous les feux que d'autres, évidemment, savaient allumer en elle; et il regrettait, non la femme qu'il avait perdue, mais la maîtresse qu'elle n'avait jamais été pour lui. Il n'espérait pas la retrouver; il avait vite renoncé au projet extravagant de s'embarquer pour Tripoli, où se faisait entendre pour le moment la troupe lyrique à laquelle appartenait l'amant d'Angiola. Bien plus, il ne souhaitait même plus qu'elle revînt : il savait trop qu'il resterait toujours pour elle le ridicule mari qui se plaignait, au souper, que les pâtes ne fussent jamais assez cuites. Ses soirées étaient tristes dans leur prétentieuse maison neuve, meublée par Angiola avec un mauvais goût enfantin accordant aux bibelots une importance déplacée, mais qui témoignait peut-être en faveur de l'absente, car chacun de ces objets, fragiles comme une bonne volonté, attestait un effort pour s'intéresser à sa vie, et pour oublier, à force d'en embellir le décor, l'insuffisance du principal acteur. Elle avait essayé de se rattacher au devoir par ces rubans roses dans lesquels Paolo, rouvrant çà et là des tiroirs à demi vides, s'empêtrait comme dans des souvenirs.

Il se mit à faire à Rome des voyages d'affaires un peu plus fréquents qu'il n'était strictement utile, ce qui lui permettait de passer chez sa belle-sœur s'informer si elle n'avait pas reçu, par hasard, des nouvelles d'Angiola. Mais l'attraction de la capitale était aussi pour quelque chose dans ces visites, et la chance de plaisirs dont il n'eût pas profité à Florence, et qui ne s'offraient pas à Pietrasanta. Il s'habilla soudain avec une vulgarité plus criarde, imitant, sans bien s'en rendre compte, l'homme qu'Angiola lui avait préféré. Il commença de s'intéresser aux filles indolentes et loquaces qui peuplent les cafés et les promenades de Rome, et dont quelques-unes peut-être, il le supposait du moins, avaient derrière elles, comme Angiola, le souvenir d'une maison, d'un séducteur et d'un départ. Un après-midi, il rencontra Lina Chiari dans un jardin public, au bord d'une fontaine qui rabâchait sans cesse les mêmes paroles de fraîcheur. Elle n'était ni plus belle ni plus jeune que d'autres : il demeurait timide; elle était audacieuse; elle lui épargna les premiers mots et presque les premiers gestes. Il était regardant; elle ne fut pas exigeante, précisément parce qu'elle était pauvre. Puis, comme Angiola, elle avait été élevée dans un couvent de Florence, bien que ce ne fût pas précisément dans une institution pour Dames Nobles; elle était au fait de ces petits événements locaux, la construction d'un pont ou l'incendie d'une école, qui servent aux gens d'une même ville de repères communs dans le passé. Il retrouvait dans sa voix la rauque douceur des Florentines. Et comme toutes les femmes ont à peu près le même corps, et sans doute la même âme, lorsque Lina parlait et que la lampe était éteinte, il oubliait que Lina n'était pas Angiola, et que son Angiola ne l'avait point aimé.

On n'achète pas l'amour : les femmes qui se vendent ne font après tout que se louer aux hommes; mais on achète du rêve; cette denrée impalpable se débite sous bien des formes. Le peu d'argent que Paolo Farina donnait à Lina chaque semaine lui servait à payer une illusion volontaire, c'est-à-dire, peut-être, la seule chose au monde qui ne trompe pas.

Se sentant fatiguée, Lina Chiari s'appuya contre un mur et passa la main sur ses yeux. Elle habitait loin du centre; les secousses de l'autobus lui avaient fait mal; elle regrettait de n'avoir pas pris de taxi. Mais elle s'était, ce jour-là, promis d'être économe : bien que la première semaine du mois fût écoulée, elle n'avait pas encore payé sa logeuse; elle continuait à porter, malgré la chaleur d'une fin de printemps romain, un manteau d'hiver dont le col de fourrure était usé par places. Elle devait au pharmacien les derniers calmants qu'elle avait pris chez lui; ils ne lui avaient pas fait de bien; elle ne parvenait plus à dormir.

Il n'était pas encore trois heures; elle marchait du côté de l'ombre, le long du Corso dont les magasins commençaient à rouvrir. Quelques passants flânaient, alourdis par le repas et la sieste, regagnant leur bureau ou leur comptoir. Lina n'attirait pas leur attention; elle allait vite; les succès de rue, pour une femme, sont proportionnés à la lenteur de sa marche et à l'état de son maquillage, car de toutes les promesses d'un visage ou d'un corps, la seule tout à fait convaincante est celle de la facilité. Elle avait jugé plus convenable de ne pas se farder pour se montrer à un docteur. Elle préférait du reste, se trouvant plus mauvaise mine que d'habitude, pouvoir se dire que cela tenait tout simplement à ce qu'elle n'avait pas mis de rouge.

Elle se rendait à contrecœur chez ce médecin, après de longs mois d'hésitation où elle s'était efforcée de se nier son mal. Elle n'en parlait à personne; il lui semblait moins grave tant qu'il restait caché. Le tocsin de l'épouvante la réveillait trop tard, en pleine nuit, dans son corps investi déjà par l'ennemi, juste à temps seulement pour ne pouvoir plus fuir. Comme les assiégés des villes du Moyen Age, surpris par la mort, se retournaient dans leur lit et essayaient de se rendormir, se persuadant que les flammes qui les menaçaient n'étaient que dans leurs cauchemars, elle avait usé des stupéfiants qui mettent le sommeil entre la terreur et nous. L'un après l'autre, ils se lassaient de la secourir, comme des bienfaiteurs dont elle aurait abusé. Timidement, à quelques-uns de ses amis de rencontre, elle avait commencé, en plaisantant, de faire mention de ses insomnies, de son amaigrissement qui n'était que trop visible, mais dont elle se réjouissait, disait-elle, parce qu'il lui donnait l'aspect d'une élégante de journaux de mode français. Réduisant son mal aux proportions d'un malaise, pour que chacun de ces hommes eût moins de peine à la rassurer, elle s'indignait pourtant, comme d'un manque de cœur, qu'on ne s'aperçût pas qu'elle mentait.

Au sujet de la lésion désormais palpable, repérée par elle sur son corps, mais somme toute assez peu apparente, pareille tout au plus à un vague renflement caché sous le pli fatigué du sein, Lina continuait au contraire à se taire, tremblant que le hasard d'une caresse la fît découvrir à quelqu'un, insistant le plus possible pour garder au moins sa chemise, redevenue pudique depuis que sa chair recelait peut-être un mortel danger. Mais son silence grossissait, durcissait, pesait davantage, comme s'il avait été, lui aussi, une tumeur maligne qui peu à peu l'empoisonnait. Elle s'était enfin décidée à consulter un docteur, moins peut-être pour guérir qu'afin de parler de soi sans contrainte. Son ami Massimo, le seul être à qui elle se fût à demi confiée, et qui, tout au moins de nom, connaissait tout le monde à Rome, lui avait conseillé de s'adresser au docteur Sarte; il pouvait même la faire recommander par personne interposée à cette célébrité médicale nouvelle. Huit jours plus tôt, du fond d'un bar, Lina Chiari avait téléphoné pour demander un rendez-vous; elle avait soigneusement noté l'adresse et l'heure sur un bout de papier qui prit immédiatement dans son sac la place d'un talisman ou d'une médaille de saint protecteur. Et, courageuse parce qu'elle était vaincue, n'espérant presque rien, ne fût-ce que pour ne pas devoir trop vite renoncer à son espérance, mais contente tout de même de s'en remettre à un homme connu, elle se trouvait à l'heure dite devant la porte du professeur Alessandro Sarte, ancien chef de clinique chirurgicale, spécialiste des maladies internes, qui recevait de trois à six, les mardi, jeudi et vendredi, excepté les mois d'été.

Ignorant par humilité l'ascenseur (elle ne faisait d'ailleurs jamais tout à fait confiance à ces machines-là), elle s'engagea dans la grande cage d'escalier tout en panneaux de marbre blanc. Il y faisait presque froid, ce qui justifia immédiatement pour elle le port de son vieux manteau. Au second étage, elle se retrouva devant une plaque portant le même nom. Elle sonna faiblement, intimidée par cette solennelle maison d'autrefois qui lui rappelait le palais d'une grande dame charitable, à Florence, dont jadis on l'envoyait souhaiter la fête avec un bouquet de fleurs. Une infirmière vint ouvrir, assez pareille à la garde-malade de la vieille dame florentine, revêtue, comme elle l'était d'une blouse, d'une sorte de conventionnelle affabilité. Il y avait déjà du monde dans le beau salon défendu par des persiennes du soleil qui fane les tentures. Un homme âgé passa le premier, qui dévisagea Lina et à qui elle ne put s'empêcher de sourire; puis ce fut le tour d'une vieille dame dont il n'y avait rien à dire, excepté qu'elle était très vieille; puis d'une femme avec un enfant. Ces gens, sitôt franchie la porte qui se refermait sur eux, auraient aussi bien pu mourir, puisqu'on ne les revoyait plus; et Lina, constatant, que certains de ces patients étaient presque aussi pauvrement vêtus qu'elle-même, cessa de craindre que le professeur prît très cher. Elle s'en voulait pourtant de ne pas s'être adressée, comme elle l'avait projeté tout d'abord, au modeste médecin qui l'avait soignée dans un incident de sa vie amoureuse; comme les petites gens de son village aux environs de Florence, elle avait changé de saint au moment du danger.

Le docteur Alessandro Sarte était assis à son bureau encombré de fiches; on n'apercevait que sa tête, son buste blanc, ses mains posées près de lui sur la table comme des instruments soigneusement fourbis. Sa belle figure un peu grimaçante rappelait à Lina des dizaines de visages remarqués d'abord dans la rue, et qui, même au cours d'intimités plus complètes, étaient restés ceux de passants qu'elle ne reverrait pas. Mais le professeur Sarte ne fréquentait que des femmes situées plus haut dans l'aristocratie de la chair. De nouveau, en expliquant son cas, Lina se mit à atténuer la gravité de ses craintes, allongeant son récit à l'aide de phrases inutiles tel un patient qui n'en finit pas de démailloter sa plaie, parlant de sa visite au docteur comme d'une précaution, exagérée peut-être, avec une légèreté où il entrait du courage, et l'espoir secret qu'il ne la contredirait pas. Alors, de même qu'un homme, fatigué par le bavardage d'une maîtresse d'un soir, se hâte d'en venir à la réalité nue :

— Déshabillez-vous, dit-il.

Rien ne prouve qu'elle reconnut ces mots familiers, transposés du domaine de l'amour dans celui de la chirurgie. Comme les mains de Lina se débattaient vainement contre les agrafes de sa robe, il crut devoir ajouter des paroles qui sortaient de sa trousse d'exhortations médicales, mais qu'elle n'avait peut-être plus entendu prononcer, depuis l'époque lointaine de son premier séducteur :

— Ne craignez rien, je ne vous ferai pas de mal.

Il la fit passer dans une chambre vitrée, froide à force d'être claire, où la lumière même paraissait sans pitié. Entre ces grandes mains lavées qui la palpaient sans intention voluptueuse, elle n'avait même pas à feindre de frémir. Les yeux clignés, maintenue par le médecin sur le divan de cuir à peine plus large que son corps, elle interrogeait ces pupilles monstrueuses à force d'être proches, mais dont le regard n'exprimait rien. D'ailleurs, le mot qu'elle redoutait ne fut pas prononcé; le chirurgien lui reprocha seulement de ne pas s'être fait examiner plus tôt; et, subitement calmée, elle sentit qu'en un sens elle n'avait plus rien à craindre, car, de toutes ses terreurs, la pire même était affreusement distancée.

Derrière le paravent où le professeur la laissa

pour rajuster sa robe, relevant le ruban de sa chemise de soie, elle s'attarda un instant à considérer sa gorge, comme elle le faisait jadis, adolescente, à l'époque où les filles s'émerveillent du lent perfectionnement de leur corps. Mais il s'agissait aujourd'hui d'une maturation plus terrible. Un épisode lointain lui revint en mémoire : une colonie de vacances; la plage de Bocca d'Arno; une baignade au pied des rochers où un poulpe s'était agrippé à sa chair. Elle avait crié; elle avait couru, alourdie par ce hideux poids vivant; on n'avait arraché l'animal qu'en la faisant saigner. Toute sa vie, elle avait gardé en réserve le souvenir de ces tentacules insatiables, du sang et de ce cri qui l'avait effrayée elle-même, mais qu'il était maintenant bien inutile de pousser, car elle savait cette fois qu'on ne la délivrerait pas. Tandis que le médecin téléphonait pour lui retenir un lit à la Polyclinique, des larmes, venues peut-être du fond de son enfance, commençaient à couler sur son tremblant visage gris.

Vers quatre heures et demie, la porte du professeur se rouvrit, et l'infirmière mit Lina Chiari dans l'ascenseur. Le professeur s'était montré plein de bonté pour elle; il lui avait offert de ce porto qu'il tenait toujours en réserve, dans son cabinet, pour ces occasions où les malades perdent courage. Il se chargeait de tout; elle n'aurait qu'à se présenter la semaine suivante, à la Polyclinique où il opérait gratuitement les pauvres; il semblait à l'entendre qu'il n'y eût rien de plus facile que de guérir ou de mourir. L'ascenseur acheva sa plongée verticale le long des trois étages; Lina restait assise, la tête entre les mains, sur la banquette de velours rouge. Pourtant, au fond de sa détresse, elle goûtait une consolation à se dire qu'elle n'aurait plus à se préoccuper de trouver de l'argent, à faire sa cuisine ou à blanchir son linge, et qu'elle n'avait, désormais, rien d'autre à faire qu'à souffrir.

Elle se retrouva sur le Corso encombré de bruit et de poussière, où des vendeurs de journaux criaient un beau crime. Une voiture de place qui stationnait près du trottoir lui rappela son père : il était cocher de fiacre à Florence; il avait deux chevaux; l'un s'appelait Bello, l'autre Buono; ils étaient soignés par la mère plus tendrement que les enfants. Buono était tombé malade; il avait fallu l'abattre. Elle passa sans le regarder devant un placard annonçant pour le soir même un discours du Chef de l'État, mais s'arrêta par habitude en face de l'affiche du Cinéma Mondo où se donnerait cette semaine un grand film d'aventures avec l'incomparable Angiola Fidès. Devant un magasin de blanc, elle se dit qu'il lui faudrait acheter, pour l'hôpital, des chemises de toile comme elle en portait à l'école; on ne pouvait décemment l'ensevelir dans une chemise de soie rose. Elle eut envie de rentrer chez soi tout raconter à sa logeuse; mais celle-ci, la sachant malade, se hâterait de lui réclamer son dû. Paolo Farina reviendrait lundi à l'heure accoutumée; il était inutile de le dégoûter en lui parlant de son mal. L'idée lui vint d'entrer dans un café pour téléphoner à Massimo, son ami de cœur; mais il n'avait jamais aimé qu'on le dérangeât : la vie de Massimo était encore plus compliquée que la sienne; il ne venait chez Lina que dans ses mauvais jours, et pour se faire consoler. On ne pouvait renverser les rôles : cette compassion tendre, c'était précisément tout ce que Massimo attendait des femmes. Elle s'efforçait de croire que c'était mieux ainsi : elle aurait eu plus de peine à mourir si Massimo l'avait aimée. Une pitié, aiguë comme l'élancement d'une névralgie, la prit pour cette Lina que ne plaignait personne, et qui n'avait que six jours à vivre. Même si elle survivait à l'opération, elle n'avait plus que six jours à vivre. Le médecin venait de lui dire qu'il faudrait lui enlever un sein; les poitrines mutilées ne plaisent que sur les statues de marbre que les touristes vont voir au musée du Vatican.

À ce moment, en traversant une rue, elle aperçut en face d'elle, dans la glace d'un magasin de parfumerie, une femme qui venait à sa rencontre. C'était une femme plus très jeune aux grands yeux las et tristes, n'essayant même pas de poser, sur son visage défait, le mensonge d'un sourire. Une femme si banalement pareille à cent autres que Lina l'eût croisée avec indifférence dans la cohue des promeneurs du soir. Pourtant, elle se reconnut à ces vêtements usés, dont elle avait, comme de son corps, une sorte de connaissance organique, et dont les moindres accrocs, les plus petites taches, lui étaient aussi sensibles qu'à un malade les points menacés de sa chair. C'étaient ses souliers déformés par la marche, son manteau acheté un jour de soldes dans un magasin de nouveautés, son petit chapeau neuf, d'une élégance voyante, que Massimo avait tenu à lui donner, dans un de ces moments de richesse subite, un peu inquiétante, où il aimait à la combler. Mais elle ne reconnut pas sa figure. Ce qu'elle voyait, ce n'était pas le visage de la Lina Chiari qui déjà appartenait au passé, mais le visage futur d'une Lina tristement dépouillée de toutes choses, entrée dans ces régions méticuleusement propres, stérilisées, imprégnées de formol et de chloroforme, qui servent de froides frontières à la mort. Un geste à demi professionnel lui fit ouvrir son sac pour y chercher du rouge : elle n'y trouva qu'un mouchoir, une clef, une petite boîte ornée d'un trèfle à quatre feuilles d'où s'échappait de la poudre, quelques coupures fripées, et dix lires en argent que Paolo Farina lui avait données la veille, espérant que la nouveauté de la frappe compenserait la modestie du présent. Elle s'aperçut qu'elle avait oublié son rouge à lèvres dans l'antichambre du docteur; il n'était pas question de retourner l'y chercher. Mais un bâton de rouge est une nécessité dont l'achat s'impose : elle entra dans le magasin de parfumerie où le marchand, Giulio Lovisi, se précipita pour la servir.

Elle en ressortit munie de rouge à lèvres et d'un échantillon de fard offert gratis par un fabricant français. Elle n'avait pas voulu qu'on les enveloppât de papier : troublant de son haleine la glace où, derrière elle, défilait toute la vie d'un soir de Rome, elle maquilla son visage. Les joues pâles redevinrent roses ; la bouche reprit cet incarnat qui fait songer à la chair secrète ou à la fleur d'une poitrine saine. Les dents, éclaircies par ce contraste, brillaient doucement au bord des lèvres. La Lina vivante, intensément actuelle, balayait les fantômes de la Lina future. Elle s'arrangerait pour revoir Massimo le soir même ; trompé par la fausse fraîcheur qu'elle venait de demander au fard, ce garçon distrait, égoïste et câlin, qu'assombrissait la moindre allusion à la douleur physique, ne s'apercevrait pas qu'elle souffrait. Il s'assoirait de nouveau en face d'elle, reposant sur une table de café ses cigarettes et ses livres ; il aurait, comme toujours, à se plaindre de la vie et surtout de soi-même ; elle se tranquilliserait en essayant de le consoler. Et il se pourrait qu'elle ait encore des succès ; quelqu'un l'inviterait peut-être dans un de ces restaurants à demi élégants pour lesquels elle réservait ses robes les plus voyantes ; la nuit, d'un peu loin, à la lumière des lampes, ses amies, ne remarquant pas qu'elle avait beaucoup changé, n'auraient pas le plaisir de la plaindre. Il n'était pas jusqu'à l'épais Paolo Farina qui ne lui parût soudain moins encombrant qu'à l'ordinaire, comme si sa lourde bonne santé suffisait, aux yeux de cette femme atteinte, à lui conférer soudain une sorte de rassurant prestige. Tout lui paraissait moins sombre, depuis que son visage ne l'effrayait plus. Ce masque éclatant, qu'elle venait d'aviver elle-même, lui bouchait la vue du gouffre où, quelques instants plus tôt, elle se sentait glisser. Les six jours au-delà desquels elle préférait ne pas voir promettaient assez de joie pour la faire douter du malheur tout proche, et celui-ci, par contraste, revalorisait sa pauvre vie.

Un sourire, factice comme une dernière touche de maquillage, vint éclairer sa figure. Puis, si apprêté qu'il fût, il devint peu à peu sincère : elle sourit de se voir sourire. Il ne lui importait guère que ce rouge hâtivement plaqué recouvrît des joues blêmes, que les joues elles-mêmes ne fussent qu'un voile de chair sur cette charpente osseuse un peu moins périssable que la fraîcheur d'une femme; que le squelette à son tour dût tomber en poussière pour ne laisser subsister que ce néant qu'est presque toujours l'âme humaine. Complice d'une illusion qui la sauvait de l'horreur, une mince couche de fard empêchait Lina Chiari de désespérer.

Giulio Lovisi ferma à clef le tiroir de la caisse, donna un dernier coup d'œil à la boutique assombrie où, çà et là, quelques flacons attrapaient un reste de soleil, défit la poignée de la porte et abaissa le rideau de fer. Puis, bien que la poussière du soir fût nuisible à son asthme, adossé au mur, il s'attarda un instant à respirer le crépuscule.

Il y avait trente ans que Giulio Lovisi vendait sur le Corso des parfums, des crèmes, et des accessoires de toilette. Pendant ces trente années, bien des choses avaient eu le temps de changer dans le monde et dans Rome. Les rares autos, qui faisaient trembler sur les étagères sa marchandise fragile, s'étaient multipliées dans la rue soudain plus étroite; les devantures, jadis modestement encadrées de boise-ries peintes, s'étaient serties de plaques de marbre faisant songer aux pierres d'un Campo Santo; les parfums, de plus en plus coûteux, avaient fini par se vendre leur poids d'or liquide; la forme des flacons s'était faite plus bizarre ou plus pure; et Giulio avait vieilli. Des femmes en jupes longues, puis en jupes courtes, s'étaient appuyées à son comptoir, sous de grands chapeaux pareils à des auréoles, ou de petits chapeaux pareils à des casques. Jeune, elles l'avaient troublé par leurs rires, leurs doigts blancs remuant le duvet des houppes dans les tiroirs ouverts, et ces attitudes qu'elles prennent au hasard, devant toutes les glaces et devant tous les yeux, mais qui ne sont jamais destinées qu'à l'amour, comme ces gestes d'actrices qui répètent sans cesse pour la scène. Plus âgé, devenu perspicace, il soupesait d'un coup d'œil ces petites âmes presque impondérables : il devinait les arrogantes, qui ne demandent au fard qu'une sorte d'insolence de plus; les amoureuses, qui se maquillent pour garder quelqu'un; les timides ou les laides, qui se servent d'onguents pour cacher leur visage; et celles, comme la cliente qui venait d'acheter un bâton de rouge, pour qui le plaisir n'est qu'un métier, fastidieux comme ils le sont tous. Et, pendant ces trente ans, obséquieux fournisseur de beauté féminine, il avait réussi à mettre de côté assez d'argent pour se faire bâtir une villa sur la plage d'Ostie, et il était resté fidèle à sa femme Giuseppa.

Giulio fermait ce soir-là de meilleure heure que d'habitude, s'étant chargé de faire en ville les courses du ménage. Répondant distraitement au salut de son voisin le chapelier qui contemplait la rue à travers sa vitrine, il s'éloigna tête basse, absorbé par une tristesse si banale qu'elle n'eût peut-être ému personne. Le vieux Giulio s'efforçait de croire que son lot était enviable et que sa femme était une bonne femme, mais force était de reconnaître que le commerce périclitait et que Giuseppa le faisait souffrir. Il avait fait de son mieux pour que celle-ci fût heureuse : il avait supporté des beaux-frères, des belles-sœurs, qui venaient traîner chez lui leurs maladies et leurs enfants; il s'était saigné pour ces gens que maintenant elle lui reprochait d'avoir aidé. Et il n'y pouvait rien, si les couches de sa femme avaient été difficiles, ni s'il n'avait pas cessé de pleuvoir, à Paris, durant leur voyage de noces. Il avait fait quatre ans de guerre; ce n'était pas drôle non plus. Pendant ce temps-là, Giuseppa, qui tenait son commerce, avait rencontré un sous-directeur de banque qui, disait-elle, l'avait courtisée, et qui, naturellement, était de beaucoup supérieur à Giulio, étant décoré et possédant une automobile; elle l'avait éconduit, car c'était une honnête femme, mais de tout cela non plus Giulio n'était pas responsable. Le vieux Giulio appartenait au parti de l'ordre : il supportait patiemment les inconvénients d'un régime garantissant la sécurité des rues, comme il payait chaque année, sans murmurer, sa police d'assurance contre le bris des vitrines. Ce n'était pas lui qui avait voulu le mariage de leur fille Giovanna avec ce Carlo Stevo qui venait de se faire condamner à cinq ans de déportation, par le Tribunal Spécial, pour propagande subversive. Les sévérités du nouveau Code, les droits de douane de plus en plus élevés sur les produits français, les ineptes scènes de sa femme, le quasi-veuvage de Vanna et l'injuste sort de sa touchante petite-fille atteinte d'une coxalgie, s'unissaient pour faire de Giulio, non le plus malheureux des mortels, car il y a de l'orgueil à réclamer pareil titre mais un pauvre homme aussi soucieux que n'importe qui.

Non, Giulio n'était pas pressé de se retrouver dans sa maison d'Ostie où, chaque nuit, à travers les cloisons trop minces, on entendait pleurer leur Giovanna solitaire. L'inquiétude que lui causait sa fillette parvenait seule à retenir Vanna au bord du désespoir; Giulio se sentait prêt à remercier le ciel de lui avoir octroyé ce chagrin qui maintenant la distrayait des autres. A vrai dire, le discours du dictateur lui offrait ce soir-là une bonne raison pour s'attarder en ville, mais outre qu'il est fatigant d'écouter debout dans la foule un long morceau d'éloquence, entendre tonner contre les ennemis du régime n'est pas un pur plaisir quand on tient soi-même de plus près qu'on ne voudrait aux suspects et aux condamnés. Et quant à profiter de ce prétexte pour s'accorder une glace et une soirée tranquille dans un café de Rome, ce vieil homme parcimonieux et casanier n'y pensait même pas. Plutôt rentrer tout à l'heure dans la minuscule villa que Giuseppa encombrait de sa carrure et du bruit de sa machine à coudre, et s'entendre dire une fois de plus que le fil noir ne valait rien, et que les boutons échangés étaient encore trop chers. Le caractère de Giuseppa rancissait chaque jour un peu plus; il était pénible pour cette femme âgée, corpulente, et sujette aux rhumatismes, d'avoir à soigner tant bien que mal l'exigeante petite Mimi, à tenir une maison, et à tâcher de distraire leur pauvre Giovanna.

Il avait vainement compté que les manies de sa femme s'atténueraient avec l'âge; les défauts de Giuseppa vieillie avaient au contraire monstrueusement grossi comme ses bras et sa taille; rassurée par trente ans d'intimité conjugale, elle ne les dissimulait pas plus que ses imperfections physiques : il devait supporter que Giuseppa fût jalouse, comme il avait dû se faire à ce que ses mains fussent toujours moites. Il atteignait la soixantaine; son visage onctueux luisait comme s'il s'était à la longue imprégné de ses pommades et de ses huiles; elle ne le voyait pas tel qu'il était vraiment : elle avait créé de toutes pièces, pour s'en faire souffrir, un Giulio séducteur de filles qui l'intéressait plus que le Giulio réel. La veille, elle était venue faire une scène dans l'étroite boutique où le moindre geste un peu brusque mettait en danger tant de parfums; elle l'avait forcé à renvoyer sa nouvelle vendeuse, une intéressante petite Anglaise qu'il avait prise par pure charité pour l'aider aux heures d'affluence. Miss Jones se trouvait momentanément à Rome sans ressources : ce n'était pas les quelques leçons de conversation qu'elle donnait qui lui suffiraient pour vivre. Giulio soupira, mortifié par les soupçons de sa femme, oubliant qu'il avait beaucoup regardé les longues jambes minces de Miss Jones. A côté des malheurs officiels, déplorés chaque soir à la table de famille, le départ de la touchante Anglaise lui fait l'effet d'un romanesque petit malheur pour lui seul.

Poussant révérencieusement une porte de cuir gras, moelleux, doucement encrassé par le passage du temps, Giulio Lovisi entra dans une modeste église de quartier, où, comme d'autres vont au café ou fréquentent les bars, il venait savourer chaque soir une faible goutte de l'alcool de Dieu. Même dans les choses de la foi, ce bourgeois rangé était de ceux qui se contentent d'un petit verre. Dieu, dont la volonté servait d'explication aux misères de Giulio et d'excuse à son manque de courage, semblait siéger ici parmi les ors de l'autel pour qu'un nombre illimité de passants malchanceux vinssent se plaindre de leurs maux et par là même s'en consoler. Dieu accueillant à tous permettait même qu'on prît ses aises. L'hôte céleste n'obligeait à rien : on pouvait à son gré rester debout ou s'affaler avec ses paquets sur une chaise ; se promener en regardant distraitement un tableau noirci qui doit être d'un grand peintre, puisque des étrangers de temps en temps offrent un pourboire au custode pour qu'il le leur montre ; ou s'agenouiller pour prier. Ce Giulio insignifiant jusque dans ses malheurs pouvait même tromper Dieu en lui exagérant sa détresse ou le flatter grossièrement en s'en remettant à sa bonté. L'interlocuteur invisible ne prenait pas la peine de relever ses mensonges; la Madeleine de marbre prostrée contre un pilier ne s'offusquait pas quand ce gros homme vêtu d'un complet beige s'arrangeait en passant pour frôler nostalgiquement son pied nu. Le curé, l'organiste, le sacristain en livrée rouge, le mendiant sous le porche de Sainte-Marie-Mineure, tous prenaient au sérieux cet habitué du soir. Et c'était bien le seul endroit au monde où Giuseppa eût hésité à faire une scène.

Rosalia di Credo, la préposée aux cierges, se levant sans bruit de derrière son éventaire, se faufila vers Giulio le long de la rangée de chaises, et, avec le chuchotement discret qui est de rigueur dans les chambres de malade, au théâtre, et dans la maison de Dieu :

— Monsieur Lovisi, s'enquit-elle, comment va la chère petite fille?

— Un peu mieux, souffla sans conviction Giulio Lovisi. Mais le nouveau docteur dit comme les autres qu'il faudra du temps et des traitements à n'en plus finir. C'est dur surtout pour sa pauvre mère.

Giulio venait au contraire de penser que c'était plutôt bon pour Vanna d'avoir à s'occuper de son enfant. Il le pensait, mais il faut plus de fermeté que n'en avait ce vieil homme pour dire ce qu'on pense. En réalité, l'infirme n'allait ni mieux ni plus mal qu'à l'ordinaire. Giulio doutait même qu'elle pût jamais complètement guérir. Mais avouer ce doute eût été un péché contre l'espérance. Répondre sincèrement eût été manquer d'égards envers cette vieille fille charitable, compliquer indiscrètement ce bref échange de formules polies qui suffisent entre personnes bien élevées.

— Pauvre ange! éjacula Rosalia di Credo.

— Patience, fit humblement Giulio, patience!

Rosalia baissa davantage la voix, non plus par convenance, comme tout à l'heure, mais comme s'il importait vraiment qu'on ne pût les entendre :

— Quel malheur tout de même pour votre pauvre fille qu'il ne soit pas parti à temps pour Lausanne!

— L'imbécile, dit Giulio étouffant un blasphème qui n'eût d'ailleurs fait que prouver son amicale intimité avec Dieu. J'ai toujours pensé que ce Carlo allait mal finir... Je lui avais bien dit...

A la vérité, il n'avait guère eu l'occasion de rien dire au mari de Vanna, car celui-ci avait vite cessé de fréquenter son beau-père. Mais ce n'était point par vanité que Giulio se montrait faisant la leçon à ce malheureux célèbre, c'était par crainte, pour se laver du soupçon de l'avoir jamais approuvé. Un criminel ne pouvant être que redoutable, il convenait d'ajouter, rétrospectivement, une part d'horreur à ceux de ses souvenirs qui concernaient Carlo — et Carlo Stevo était sûrement un criminel, puisque c'était un condamné.

— Moi, je l'ai toujours détesté, dit-il.

C'était faux. Il avait commencé par gratifier Carlo Stevo du sentiment dont nous sommes le plus riches, l'indifférence, puisque nous l'octroyons à quelque deux milliards d'hommes. Puis, il y avait déjà de cela près de dix ans (comme le temps passe!), quand Giuseppa lui eut loué par correspondance une chambre meublée dans leur villa d'Ostie, Giulio avait acheté les livres de cet écrivain difficile, exagérant à plaisir, devant ses voisins et connaissances, la célébrité de son locataire et le prix qu'il payait sa chambre. Enfin, quand Carlo Stevo, portant sa mince valise, s'était présenté sur leur seuil, ne parvenant pas à incarner tant de chefs-d'œuvre et tant de gloire dans le corps maladif, un peu déjeté, de cet homme d'une trentaine d'années qui leur semblait à la fois trop jeune pour sa réputation et prématurément vieilli pour son âge, les Lovisi avaient concédé à leur hôte une estime tempérée de pitié, c'est-à-dire de mépris. Cette pitié, ce mépris avaient atteint leur plus haut point pendant la pneumonie dont Carlo Stevo avait pensé mourir; une nuance de familiarité s'était introduite dans leurs rapports avec leur locataire : cet homme de génie consumé par on ne savait quelle flamme n'était plus pour eux qu'un malade qu'ils avaient de leur mieux essayé de soigner.

Mais une autre âme avait pris feu : celle de Vanna. Tel était le pouvoir d'expansion de cet amour de jeune fille que les Lovisi avaient fini par voir Carlo à travers ses yeux et par l'aimer à travers son cœur. Devenu leur gendre, le sentiment qu'il leur avait inspiré, c'était de l'orgueil, car à ce moment ils le considéraient comme leur chose. Ils s'étaient résignés à ne voir que rarement leur fille; ils avaient tiré vanité de l'appartement tout neuf que leur Vanna habitait à Rome dans le quartier des Parioli, et des grosses sommes dépensées pour l'enfant malade. Ensuite, quand des bruits inquiétants avaient commencé à circuler sur les fréquentations politiques de Carlo Stevo, quand leur Vanna, délaissée disait-elle, malheureuse en tout cas, était revenue s'installer chez eux pour des périodes de plus en plus longues, puis s'y réfugier tout à fait avec sa fillette infirme, ils avaient secoué la tête en se disant qu'après tout on a tort de se marier au-dessus de sa classe, et raison de se méfier d'un homme de lettres qui ne pense pas comme tout le monde. Et maintenant qu'il n'était plus quelque part qu'un chiffre sur un rocher, ce Carlo, redevenu irréel, les inquiétait comme un fantôme.

— Et... demanda Rosalia di Credo, vous a-t-on dit... où il se trouve?

— Oui, dit Giulio. Dans une île. Je ne sais plus bien où. Près de la Sicile.

— La Sicile... fit doucement Rosalia di Credo.

On comprenait que ce nom venait de réveiller en elle des émotions plus intimes, mais plus pénibles peut-être, que le faible intérêt excité par l'image du malheur d'un autre. L'écho poignant d'une joie perdue s'insérait brusquement dans ces fades variations d'attendrissement poli et de vague pitié. Si Giulio n'avait pas été assourdi par le bourdonnement de ses propres maux, cette simple phrase lui eût fait reconnaître en Rosalia une déportée du bonheur.

— Ce ne serait rien, fit-il, si notre pauvre Vanna était un peu plus raisonnable. Ma femme doit se lever toutes les nuits pour prier avec elle, lui faire boire du lait chaud, la border dans son lit, enfin quoi, tâcher de la calmer. Tout ça parce que Monsieur s'est mêlé de politique et se morfond sur un rocher. Dire qu'il faut toujours que ce soit les innocents qui pâtissent. On ne peut plus dormir.

L'innocent, c'était lui, Giulio, dont on troublait le sommeil. La crainte de l'insomnie fit soudain grimacer ce masque d'esclave de comédie antique, ironiquement lié au destin de Prométhée.

— Oser s'attaquer à un si grand homme, reprit-il à voix toujours basse, mais du ton pénétré de ceux qui se savent exprimer des sentiments honorables, approuvés, que personne ne se risquerait à contredire.

— Et à qui tout réussit... Quand je pense que nous avions donné notre Vanna à quelqu'un d'instruit...

Rosalia di Credo soupira ; ce soupir sans doute ne concernait que ses propres peines :

— Ah, Sainte Vierge !

Et, mue par des sentiments intéressés et dévots qui correspondaient à une période déjà dépassée de sa vie, mais continuaient à diriger ses petits gestes de marionnette au bord de son étal de cire :

— Monsieur Lovisi, si vous lui donniez un cierge, la Madone vous aiderait peut-être : elle est si bonne !

— La Bonne Mère ! murmura Giulio.

Il se tut, sur ce mot qui à son insu assimilait Marie aux antiques Bonnes Déesses que l'homme n'a jamais cessé de prier. En effet, l'orgue venait de pousser sur leurs têtes son cri rauque, trop inattendu pour sembler clairement le commencement d'un chant. Un second accord expliqua le premier ; un enchaînement de questions pertinentes et de réponses précises se déroula, auquel personne ne comprit rien, sauf là-haut l'organiste aveugle, sinon d'ailleurs que c'était très beau ; un monde mathématique et pur se construisit, transformé par les tuyaux et les soufflets en ondes sonores ; le prélude recouvrit même le fracas assourdi des autobus et des taxis de Rome que sans cela on eût continué d'entendre, si seulement on n'y eût pas été trop habitué pour le remarquer. Le salut se poursuivait dans une chapelle latérale, distraitement suivi par un étranger qu'avait attiré là la célébrité d'une fresque du Caravage, et par quelques femmes parmi lesquelles Giulio Lovisi n'eut même pas l'idée d'identifier une personne en costume de voyage qui n'était autre que son émouvante Anglaise. Une dizaine de fidèles, sans cesse distancés par le débit net du prêtre, reprenaient en chœur les appellations des litanies sans même chercher à en suivre le sens, trop occupés à accomplir cette espèce de continuelle génuflexion de la voix. Seuls, ceux qui ne priaient pas écoutaient au contraire, laissaient de temps à autre une combinaison de mots, une de ces épithètes insolites comme on n'en entend qu'à l'église, faire résonner en eux quelque chose, confirmer une idée, prolonger ou réveiller une vibration du passé.

— Maison d'or...

Rosalia di Credo pensait sans le vouloir à une maison de Sicile.

— Reine des Martyrs...

Une jeune femme entrée pour s'abriter d'une pluie d'orage remonta son châle sur sa nuque, en lissa les plis, les rassembla sur sa poitrine, dissimulant sous l'étoffe noire l'objet dangereux, enveloppé de papier brun, qui cette nuit changerait peut-être le destin d'un peuple.

« ... Espérons que l'humidité... En tout cas, pense-t-elle, rien à craindre de la part de l'armurier, il est du Parti. On réussit parfois... Plus souvent qu'on ne pense, si on est déterminé à aller jusqu'au bout, à ne pas ménager derrière soi un chemin de sortie... Heureusement que j'ai appris à tirer avec Alessandro à Reggiomonte... Le balcon ou la porte?... Devant le balcon, dans la foule, il est plus difficile de lever le bras. Mais la porte est plus surveillée... Mieux vaut au fond qu'il y ait une alternative : tu choisiras sur place... Tout de même, il aurait peut-être été plus sage de se décider pour la Villa Borghèse... S'arranger pour se tenir près de la piste cavalière avec un enfant... Non. Non. Ne vacille pas... Je serai morte bientôt, c'est la seule chose qui soit sûre. Qu'est-ce qu'ils disent? Reine du ciel... REGINA CŒLI : ce nom de prison... Est-ce là que demain... Faites, mon Dieu, que je meure tout de suite. Faites que ma mort ne soit pas inutile. Faites que ma main ne tremble pas, faites qu'il meure... Tiens, c'est drôle. Je me suis mise sans le savoir à prier. »

— Tour d'ivoire...

Le vieux peintre Clément Roux, laissant pendre entre ses genoux ses mains gonflées de cardiaque, baissa la tête pour suivre la spirale de ces mots qui lentement s'enfonçaient en lui, se heurtaient enfin à la résistance d'un souvenir. Doré, lisse et nu... Cette petite fille sur la plage, un soir, se peut-il qu'il y avait déjà près de vingt ans? Tour d'ivoire... Existe-t-il au monde expression plus évocatrice de l'architecture d'un jeune corps?

— Rose mystérieuse... Vase insigne...

Giulio vient de s'apercevoir qu'il a oublié de prendre chez le pharmacien du Corso le médicament

46

pour Mimi. Il n'écoute pas. Mais le vase insigne n'est de toute façon pour lui qu'un terme consacré sans rapport avec ses flacons coûteux aux noms raccrocheurs, et il est d'un temps où les parfums synthétiques ont supplanté l'eau de rose.

— Santé des infirmes...

C'est juste : elle guérit quelquefois les gens. A Lourdes, surtout. Mais Lourdes est loin et le voyage coûte cher. Elle n'avait pas guéri Mimi, bien qu'on ait beaucoup prié. Mais peut-être n'avait-on pas assez prié...

— Consolatrice des affligés... Reine des Vierges...

Miss Jones revenue à Sainte-Marie-Mineure pour écouter un peu de musique avant son départ baisse la tête : elle a reconnu Giulio Lovisi, et préfère n'en pas être vue. Elle frémit au souvenir de la scène si vulgaire qu'a osé lui faire la femme de ce marchand un peu commun, mais respectable, chez qui elle a consenti à s'occuper quelques jours, pour un salaire d'ailleurs des plus bas (car elle n'a pas son permis de travail), en attendant l'arrivée de la petite rente que lui envoie son notaire. Ce voyage en Italie a été une folie : elle a eu tort d'accepter la place au pair offerte par une compatriote enthousiaste qui s'est vainement efforcée d'établir une pension pour touristes britanniques dans un coin pittoresque de Sicile. Et elle n'aurait pas dû se laisser remercier sans qu'on lui remboursât au moins ses dépenses. Les quelques livres qu'elle vient de recevoir d'Angleterre suffisent tout juste à payer son retour. Elle s'est néanmoins concédé aujourd'hui quelques plaisirs : elle a déjeuné dans un tea-room anglais de la place d'Espagne; elle a visité en groupe l'intérieur du dôme de Saint-Pierre; elle a acheté une médaille bénite pour son amie Gladys qui est irlandaise; elle ira passer la soirée au cinéma avant l'heure du train. Elle joint machinalement les mains par esprit d'imitation, gênée et séduite à la fois par ces rites d'une religion différente. Elle adresse au Seigneur une invocation mentale pour que sa place de secrétaire lui soit rendue à son retour à Londres. Où qu'on soit, cela fait toujours du bien de prier.

ORAPRONOBIS...   ORAPRONOBIS...   ORAPRO-
NOBIS...

Les trois mots latins soudés les uns aux autres n'appartenaient plus à aucune langue, ne dépendaient plus d'aucune grammaire. Ils n'étaient plus qu'une formule incantatoire marmonnée à bouche close, une plainte, un confus appel à un vague quel-qu'un. « L'opium des faibles, songe Marcella avec mépris. Carlo a raison. On leur a appris que toute puissance vient d'en haut. Aucun de ces gens-là ne serait capable de dire non. »

« Que c'est beau, se dit Miss Jones dont les yeux s'embrument de larmes à la fois sentimentales et très pures. Quel dommage que je ne sois pas catholique... »

48

On n'avait pas assez prié... Giulio Lovisi, penché sur les casiers étiquetés, fit choix de cinq cierges point trop minces, ce qui eût dénoté de l'avarice, point trop gros, ce qui eût montré de l'ostentation. Cinq cierges, sous l'œil attendri de Rosalia di Credo qui lui reprochait mollement de gâter la Madone. Il en fallait un pour Mimi; il en fallait un pour Vanna; il en fallait un pour Carlo; il en fallait un surtout pour demander au ciel que Giuseppa lui rendît la vie moins dure. Et (sans la mettre tout à fait sur le même plan que la famille), il en fallait un aussi pour la sympathique Miss Jones.

Pour Giulio, installé dans un monde de notions simples, un cierge n'était qu'une bougie plus fine et plus noble qu'il est bon d'offrir à la Vierge quand on a une grâce à demander, qui brûle et coule devant l'autel sur une tige de fer, et que le sacristain n'oublie pas de souffler à l'heure où l'on ferme. Mais l'objet de cire ou de paraffine déguisée en cire vivait néanmoins d'une vie mystérieuse. Avant Giulio, bien des hommes s'étaient approprié le travail des abeilles pour l'offrir à leurs dieux; siècle après siècle, ils avaient pourvu leurs images saintes d'une garde d'honneur de petites flammes, comme s'ils prêtaient aux dieux leur peur instinctive de la nuit. Les ancêtres de Giulio avaient eu besoin de repos, de santé, ou d'argent, ou d'amour : ces gens obscurs avaient offert des cierges à la Vierge Marie, comme leurs aïeux, enfouis plus bas encore sous l'entassement des âges, tendaient des gâteaux de miel à la grande bouche chaude de Vénus. Ces flammèches s'étaient consumées infiniment plus vite que les brèves vies humaines : certains vœux avaient été repoussés, d'autres exaucés au contraire, car le malheur est que, parfois, des souhaits s'accomplissent, afin que se perpétue le supplice de l'espérance. Puis, sans l'avoir demandée, ces gens avaient obtenu la seule grâce assurée d'avance, le don sombre qui annule tous les autres dons. Mais Giulio Lovisi ne pensait guère à tant de morts. A genoux, entrecroisant ses mains épaisses qui paraissaient ne rien savoir de la prière, et pour qui le geste de se joindre n'était qu'une posture comme les autres, il s'abandonnait vaguement à la béatitude d'avoir manqué son train. L'accueil de Giuseppa ne pouvait être pire, même s'il rentrait une heure plus tard. Et comme s'il se réfugiait dans un coin de son enfance, ce vieil homme fatigué balbutiait un *Ave* pour que tout allât mieux.

Il savait (il aurait dû savoir) que rien ne pouvait aller mieux, que les choses suivraient leur pente à la fois insensible et sûre; que les sentiments, les situations dont se composait sa vie iraient chaque jour se dégradant davantage à la façon d'objets qui ont trop servi. Le caractère de Giuseppa empirerait avec l'âge et le progrès de ses rhumatismes : la Madone elle-même ne parviendrait pas à changer de nature une femme de soixante ans. Vanna continuerait de mener cette vie solitaire pour laquelle elle n'était pas faite, et qui la livrait aux tentations du désespoir. Peut-être prendrait-elle un amant; en ce cas, elle souffrirait plus qu'elle ne l'avait fait jusqu'ici, car de la honte s'ajouterait à ses maux. Comme il arrive à bien des gens, le corps de Giovanna n'était pas assorti à son âme : il eût fallu que l'un ou l'autre fût changé pour qu'elle cessât de souffrir. Même si elle restait fidèle au Carlo qu'elle avait aimé, l'homme qui lui reviendrait (à supposer qu'il revînt) ressemblerait moins que jamais au Carlo Stevo de son amour. Tout au fond de lui-même, Giulio savait aussi que leur Vanna aigrie par ses mécomptes n'était plus, tant s'en faut, la belle fille romanesque que l'homme célèbre avait aimée. A vrai dire, il n'était pas même raisonnable de souhaiter le retour de cet imprudent ulcéré sans doute par ses malheurs et ses rancunes, et qui demeurerait jusqu'au bout suspect aux autorités. Et Mimi (mais il ne fallait pas l'avouer) ne ressemblait guère non plus à l'angélique infirme qu'il aimait à dépeindre souriante sur ses blancs oreillers. Même guérie, la petite resterait de toute façon trop délicate pour le mariage : Giulio l'en plaignait comme s'il avait goûté lui-même une félicité sans bornes, et comme si leur Vanna n'avait pas eu sa quote-part de maux.

Et il ne reverrait jamais Miss Jones; elle retournerait dans son pluvieux pays, emportant de lui l'image d'un homme trop bon qui n'avait pas su faire taire la colérique Giuseppa. Pour qu'elle se retrouvât à son côté dans la petite boutique du Corso, et qu'il pût la traiter comme à peine il l'osait faire dans ses rêves, il eût fallu qu'il fût riche, qu'il fût libre, qu'il fût audacieux, et qu'elle fût assez démunie pour se laisser aimer. Pour se supposer libre, il devait commettre en pensée autant de crimes qu'un assassin célèbre. Débarrassé de ses soucis d'argent, des disputes de famille, et de la faiblesse qui les lui faisait accepter, Giulio Lovisi eût été un autre homme; cette transformation eût équivalu à une mort plus totale que ne le serait la sienne. Car la sienne, ou celle de sa femme, que mille petits faits physiologiques, en ce moment, préparaient peut-être à son insu, s'insérerait dans le tissu de banales misères qui composaient leur vie : il pouvait prévoir, s'il mourait le premier, comment Giuseppa préviendrait les voisines, et combien de gens se dérangeraient jusqu'au Campo Santo. Il devenait lentement incapable d'autre chose que de cette routine détestée, mais facile, qui du moins le dispensait de tout effort. Le bonheur même, si le bonheur avait été possible, n'aurait rien pu changer à l'indigence de son sort, car cette indigence procédait de son âme. S'il avait été clairvoyant, Giulio Lovisi aurait donc convenu qu'il était vain de prier. Et cependant, les minces cierges de cire qui se consumaient devant lui sous l'œil fixe d'une Madone n'étaient pas inutiles : ils lui servaient à maintenir la fiction d'une espérance.

Si on avait demandé à ses voisines des renseignement sur Rosalia di Credo, ces femmes se seraient accordées pour répondre que cette vieille fille était laide, qu'elle était avare, qu'elle avait soigné tendrement sa mère impotente, mais qu'elle avait sans un mot laissé son vieux père partir pour l'Asile, et qu'elle s'était brouillée avec sa sœur Angiola depuis que celle-ci avait été assez habile pour trouver un mari; enfin, qu'elle habitait telle rue, tel numéro, dans telle maison de Rome. Toutes ces affirmations étaient fausses : Rosalia di Credo était belle, de cette maigre beauté qui n'a besoin, pour se manifester, que du moins de chair possible. La fatigue, et non l'âge, avait soumis ses traits à cette lente usure qui finit par rendre humaines jusqu'aux statues d'église; elle était avare, comme tous ceux qui n'ont assez d'argent que pour une seule dépense et assez de flamme que pour un seul amour. Elle détestait, non sa sœur, mais le mari qui lui avait pris sa sœur; son père, et non sa mère, avait été la grande passion de son enfance; et elle habitait Gemara.

Bien des gens auraient cru décrire Gemara en disant : une vieille maison de Sicile. Parler ainsi, c'eût été recouvrir sous une définition trop simple pour n'être pas fausse ce qu'a d'infiniment singulier toute demeure humaine, surtout lorsque ses successifs possesseurs, à force de lui ôter ou de lui ajouter quelque chose, ont peu à peu fait d'elle un rébus de pierre. Certes, le temps, ce temps extérieur qui ne sait rien de l'homme et se manifeste dans la fuite des saisons, dans la chute d'un bloc qui depuis longtemps portait à faux et que précipite vers le sol la durée même de sa précarité, dans le lent, le concentrique épaississement du tronc des chênes-lièges, qui, tranchés par la hache, offrent une coupe de ce temps végétal mesuré par la coulée des sèves, n'avait pas épargné le domaine qu'un Ruggero di Credo avait reçu en fief il y avait environ six siècles. Il avait traité ces murailles et ces poutres comme il eût fait des rochers et des branches; aux significations naïvement évidentes de cette œuvre des hommes, il avait ajouté ses commentaires destructeurs. Mais dire que l'action du temps avait ravagé Gemara, c'était oublier que le Temps, comme Janus, est un dieu à deux visages. Le temps humain, ce temps qui s'évalue en termes de générations et que jalonnent çà et là les déconfitures familiales et les chutes de régimes, était seul responsable pour ces changements incohérents et ces projets sans suite dont se compose ce qu'on appelle de loin la stabilité du passé. Les bosquets giboyeux mentionnés dans les cartulaires avaient vite succombé à la passion de l'homme pour tuer les bêtes et pour couper les arbres, rendant dérisoires les restes d'un pavillon de chasse du temps des Hohenstaufen; des rocailles baroques s'éboulaient dans les vignes; la Maffia, les troubles agraires, et surtout l'incurie avaient appauvri la terre et tari les sources. Des colonnes jumelées disparaissaient sous le plâtre des reconstructions villageoises; un perron ne menait nulle part; le képi d'un oncle mort au siège de Gaète pendait dans un salon où n'entrait personne; un tapis algérien et des fauteuils de cuir finissaient par faire à leur tour figure d'antiquités vénérables. De même qu'une série de maîtres des lieux avaient remodelé Gemara à l'instar de leurs besoins ou de leurs manies, de leur folie des grandeurs ou de leur avarice paysanne, cette maison décrépite avait formé à son image le dernier fils de la famille, ce Ruggero di Credo qui n'était qu'un héritier.

Ses fermiers, même ceux qui l'avaient vu naître, ses filles, sa femme qui pourtant l'avait aimé jeune encore, ne pouvaient plus l'imaginer que vieux : la vieillesse semblait l'état naturel de cet homme qui ne valait que comme aboutissement d'un passé. A seize ans, Don Ruggero avait dû ressembler à un éphèbe sicilien des poèmes de Pindare; à trente ans, son maigre visage avait assumé l'expression de sécheresse et d'ardeur qu'ont les figures de Christs sur les mosaïques de la Martorana; dès la soixantaine, il avait pris l'aspect d'un sorcier musulman dans la Sicile du Moyen Age, comme s'il n'était lui-même qu'un miroir fêlé où se reflétaient vaguement les revenants de la race. Penché sur sa paume, un chiromancien n'aurait pas lu son avenir, car Don Ruggero n'avait pas d'avenir; et sans doute il n'aurait pas lu son passé, mais le passé d'une vingtaine d'hommes échelonnés derrière lui dans la mort. La vie personnelle de Don Ruggero avait été aussi nulle que possible, mais ce néant même semblait chez lui une forme voulue d'immobilité. Il avait été consul à Biskra; il avait gâché sa carrière en épousant sur le tard une juive algérienne, irrémédiablement vulgaire et de réputation douteuse, mais cette inadvertance avait été pour lui ce qu'est pour le mystique le malheur qui le rend à Dieu. Sa mise à la retraite l'avait ramené hors du siècle, c'est-à-dire à Gemara. Ainsi commencèrent pour ce fou vingt années merveilleuses et vides comme un jour d'été.

Lorsque Rosalia di Credo pensait à son père, elle le revoyait assis sur un tas de pierres, une gamelle entre ses genoux, mangeant sa soupe à la façon des ouvriers de ferme. Non que Don Ruggero peinât beaucoup pour améliorer son domaine : il avait mieux à faire : il découvrait des trésors, ou du moins, il allait en découvrir. Le manque d'eau avait fait de lui un sourcier; il s'était promené durant des années dans ses champs, sa baguette de frêne à la main comme un organe mystérieux qui l'unissait à sa terre. Puis, la recherche des sources dut céder à celle des trésors : ses ancêtres avaient sûrement caché dans les profondeurs du sol assez d'or pour compenser pour Don Ruggero la mévente des agrumes et le maigre rendement des fonds d'État. Enfin, la rencontre d'un archéologue le fit rêver statues, ce qui était pour lui une façon nouvelle de rêver femmes. Il ne s'inquiétait guère de la sienne, toujours affalée sur des coussins et gavée de nourriture; mais les filles du village, pieds nus, le corps bronzé dans leur sarrau déteint, s'aventuraient parfois sous les branches jusqu'à cet homme qui tenait du nécromant et du satyre, et Don Ruggero lâchait l'ombre des déesses de marbre pour la proie chaude de ces statues de chair. Peu importait que ses arbres, non taillés, non greffés, souffrissent de ne pas donner de fruits, et les bœufs de ne pas servir au labour, comme souffrent les arbres et les bêtes contrariés dans leur travail pour l'homme; ou même que s'écroulât le Gemara périssable : il portait en lui ces terres sèches que le vent sans cesse ensemençait de poussière, ces trésors enfouis, ces vasques vides où l'on aurait pu glisser.

Toutes sortes de rebuts d'idées flottaient dans son cerveau comme sur une eau noire : il restait fidèle à la mémoire des Bourbons-Sicile et dédaignait les Savoie; la Marche sur Rome ne l'impressionna pas, étant de ces événements qui se passent dans le Nord; il vitupérait contre l'argent et les gens d'affaires, mais s'ingéniait à soutirer quelques pièces à ses voisins intéressés par la baguette divinatoire, ou à faire monter, à force de s'abstenir de la vendre, le prix d'une terre dont autrement personne n'eût voulu. Cet homme qui ne se lavait guère avait des raffinements de politesse exquis, presque ridicules à force d'être surannés, qui amadouaient le percepteur et les créanciers; cet indigent était envers ses filles d'une générosité de prince; ce mari que Donna Rachele avait abondamment trompé, tant qu'un reste de jeunesse et de beauté lui avait permis de le faire, se montrait envers les deux fillettes d'un rigorisme qui semblait moins tenir à une austérité à l'ancienne mode qu'à une jalousie frisant l'inceste. Toute conversation avec les hommes était interdite, fût-ce avec le curé ou l'estropié qui vendait des lacets sur la place du village, mais, par gloriole, Don Ruggero trouvait bon qu'Angiola se laissât photographier par les étrangers venus visiter en contrebas du pays le théâtre en ruine, seule curiosité du lieu, mentionnée sans astérisque dans les guides de Sicile.

Trop pauvre, il n'avait pu, suivant l'usage, faire élever ses filles dans un couvent de Palerme. Leurs études, ç'avaient été les rauques chansons maternelles, couplets de cafés-concerts qui prenaient dans ces bouches une beauté de cantilène, les complaintes populaires et les brochures d'hygiène sexuelle volées un soir dans le tiroir d'une servante, les bouts de vers grecs enseignés par Don Ruggero qui depuis longtemps n'y comprenait plus rien lui-même. Comme tout cela, pourtant, ne suffirait pas pour remplir une mémoire, il restait place pour d'autres souvenirs dont se compose l'enfance : pour les salves de la fête du village et la confection quasi rituelle du pain anisé, pour le goût des figues fraîches, pour l'odeur des oranges pourrissant au jardin sous un entrelacs de palmes, pour un bois de noisetiers où Angiola s'égarait pieds nus, suspendant à une branche les gros bas de coton qu'imposait aux deux filles le sens des convenances de Don Ruggero, pour la mort d'une chouette et pour les premiers soubresauts du cœur. La maison, univers à part, avait ses lois, son climat même, car il semblait à Rosalia n'avoir vu là-bas que des jours éclatants. Le précoce retour d'un oiseau passait pour un prodige, mais on trouvait tout simple que sainte Lucie guérît les aveugles, et que Salomé se montrât toute nue en plein ciel durant la nuit de la mi-été.

Par les soirs chauds, on mangeait sur la terrasse, sous un pavillon, au pied de la maison embellie et réparée par la nuit tombante. La femme du village qui assurait leur service s'en allait, emportant les restes; la voix intarissable de Don Ruggero remplaçait le jet d'eau dont on tirait toujours vanité, mais qu'on n'avait pas depuis des années entendu jouer au jardin. Il parlait généalogie avec autorité, magie en homme qui pourrait s'il le voulait en dire davantage; il devenait éloquent quand il s'agissait de Gemara. Les comptes de leurs biens présents et passés s'embrouillaient de telle sorte sur ses lèvres que le temps semblait devenu réversible : les enfants ne savaient plus s'il s'agissait d'aujourd'hui, de demain, d'hier. Elles étaient riches, comblées, mariées à des princes; le Roi lui-même se dérangeait pour visiter les fouilles que Don Ruggero commencerait dans l'oliveraie dès qu'on aurait fini d'en jeter bas les arbres; Gemara restauré retrouvait sa splendeur d'autrefois, que d'ailleurs il n'avait jamais perdue, puisque l'obstiné vieil homme n'avait pas cessé d'en rêver. Donna Rachele endormie sur sa chaise expliquait pour la millième fois à ses anciennes compagnes de la maison de Biskra qu'elle avait épousé un noble, un vrai noble, qui avait été décoré, et qui avait du bien en Sicile. Angiola accoudée à la balustrade, regardant vaguement les étoiles dont elle ne savait pas les noms, voyait flotter en plein vide un merveilleux voile de noces, sans rapport aucun avec des plans d'avenir, ou même avec les émotions confuses de sa nubilité. Le mauvais cigare de Don Ruggero s'éteignait; le vieux remontant se coucher s'arrêtait dans le vestibule pour contempler une fois de plus les minces trouvailles faites jusque-là sur ses terres : des tessons de poterie, quelques monnaies rongées, une petite Vénus aux colombes dont le visage d'argile s'écaillait par places, les fragments inexpertement recollés d'un vase. Il touchait ces objets précieux pour lui avec un respect qui était assez noble, et, recourant aux riches ressources du dialecte, couvrait d'injures ordurières et bouffonnes le Superintendant des Antiquités qui avait refusé de subventionner ses fouilles.

Cette vie en porte à faux s'effondra à la suite d'une échauffourée de village. La meilleure jument d'un richard du pays à qui Don Ruggero avait tenté vainement d'emprunter encore quelques milliers de lires était tombée raide morte sur une terre des Credo. Ce malheur n'arrivait pas seul ; la femme de ce paysan s'en allait d'une fluxion de poitrine, et, quelques jours plus tôt, leur fourrage avait brûlé. Don Ruggero avait dans la région une renommée de jeteur de sorts ; il était aussi naturel de mettre ces calamités à sa charge que de remercier un saint des bienfaits qu'on reçoit du ciel. On se rappela de vieilles histoires d'accidents singuliers et de morts trop subites pour être tout à fait sans mystère ; chacun cherchait un grief au fond de sa mémoire, à peu près comme on fouille un coffre pour y trouver un couteau. Des maris qui avaient eu autrefois occasion de douter de la vertu de leurs femmes, des métayers chassés par Don Ruggero du temps que celui-ci avait encore des métayers firent cause commune avec l'envoûté. L'Église elle-même, sous l'aspect ventru du curé du lieu, prit la tête du cortège de femmes glapissantes et d'enfants braillards partis à l'assaut de Gemara par le poudreux soir d'été.

— Porc! Ganelon! Chien! Maudit diable!

Ils arrivèrent précédés par leurs cris, ce qui permit au vieux et à Rosalia de barricader la seule porte qui ne fût pas déjà verrouillée à longueur d'année. Les solides barreaux des fenêtres tinrent bon contre l'escalade, mais ne défendaient pas toujours des balles et des pierres. Don Ruggero, poussant ses filles dans un angle mort, visait à travers la fente d'un volet entrebâillé. Il prétendit toute sa vie avoir tiré en l'air, mais le coup de feu n'en atteignit pas moins le curé, qui s'effondra sur le sol. Alors, un siège s'organisa, qui dura toute la nuit. Tandis que Donna Rachele, retrouvant sa souplesse de danseuse, s'échappait par une citerne abandonnée pour courir à la localité voisine chercher du renfort, les deux enfants enlacées répondaient par des hululements aux abois de la meute. Rosalia, la plus intrépide, sentait trembler contre elle le corps de sa jeune sœur. Pourtant, ce n'était pas la peur, mais l'excitation qui les faisait crier. C'était une de ces nuits où tout semble possible : il était facile de tuer, facile de mourir, facile de passer de main en main comme une proie ou comme un verre. La seule chose impossible, et peut-être le seul malheur, eût été qu'il n'arrivât rien.

— Crève d'un coup de sang! vociféraient les vieilles femmes.

— Tuez le maudit! Saignez le Diable! râlait le curé qui se croyait mourant.

Mais ses ouailles perdaient courage à la vue de sa soutane sanglante. La peur déviait les pierres. Les plus prudents commençaient à se dire qu'un sorcier barricadé dans sa maison avec un bon fusil est un homme auquel on ne s'attaque pas. Les exhortations du blessé n'eussent pas suffi à empêcher les paysans de lâcher prise sans la légende des cruches pleines de pièces d'or que Don Ruggero, disait-on, cachait dans ses caves, et sans le secret désir qu'inspiraient ces deux filles placées par leur rang et par les précautions du vieux bien à l'abri des convoitises du village, mais belles, familières, irritantes, aperçues sans cesse à la source, au magasin, à l'église, et dont l'une au moins savait déjà provoquer les hommes rien qu'en passant la langue sur les lèvres ou en baissant brusquement les yeux.

Enfin, un volet céda; un éclat de vitre frappa Rosalia en plein visage; ce sang, ce verre brisé, cette grise blancheur de l'aube envahissant la chambre annonçaient à Don Ruggero la chute de son rêve et la fin de son règne. Vingt ans de délire croulaient sous la poussée de gens qui n'en voyaient pas l'édifice invisible, et croyaient ne s'attaquer qu'à une vieille maison de pierre. Seule, dans ce Gemara déjeté par l'âge, Angiola avait étouffé comme une plante grandie à l'étroit au creux d'un vieux mur. L'avenir, à coups de marteau, heurtait maintenant à la porte, lui apportait cet imprévu dont elle escomptait vainement l'arrivée, lorsqu'elle suivait des yeux les ternes touristes trop pressés de reprendre l'autobus sur la place du village pour s'attarder longtemps à regarder une belle fille. Le soleil s'était levé; c'était l'heure où la nuit n'est plus présente que dans la longueur des ombres; la grange, qu'on venait d'incendier, envoyait vers le ciel sa fumée qui devenait bleue à mesure qu'elle montait, lorsque l'État, sous la forme d'une petite troupe de carabiniers à cheval, fit irruption dans cette scène de la préhistoire.

Don Ruggero, que le matin ne réveillait pas de ses rêves, refusa d'ouvrir à ces étrangers galonnés; Rosalia n'osait désobéir à son père; ce fut Angiola, terrifiée depuis que nul danger ne menaçait plus, qui se risqua à leur entrebâiller la porte, introduisant avec eux, dans le vestibule aux volets clos, l'air frais hostile aux divagations nocturnes, et quelques paysans, d'insultants redevenus geignards, qui couchèrent sur le lit de Don Ruggero le curé blessé. Le brigadier écouta avec une indifférence ennuyée les dépositions contradictoires : Don Ruggero, prisonnier protégé par la troupe, prit le chemin qui menait au cachot, à la ville, et au XXe siècle. Il avait refusé la carriole d'un voisin compatissant; il fallut traverser à pied l'unique rue du village, où les femmes, revenues de leurs fureurs, firent à ce vieil amant des adieux aigus et tendres. Donna Rachele avançait mollement, traînant ses pieds chaussés de mules ; Rosalia s'était bandagé le front d'un mouchoir ; ce linge blanc serré sur les tempes lui donnait l'air d'une nonne. Avant de partir, elle avait ramassé à la hâte quelques effets dans un châle de sa mère ; Angiola ne s'était chargée d'aucun bagage. Mais si Angiola prenait pour suivre le petit cortège l'air dédaigneux d'une héroïne de tragédie, Rosalia seule en avait l'âme. Cette gauche fille fagotée d'une robe noire usée aux entournures avait un de ces cœurs que dévouent à la famille, au foyer, les rites d'une religion qui s'ignore, et d'un amour qui ne sait pas son nom. Leur père, roi détrôné d'un royaume de folie, chiquant le tabac de cigarettes données par des carabiniers charitables, ne se doutait pas, et cette cécité ne faisait que parfaire sa ressemblance tragique, qu'il traînait après lui son Ismène et son Antigone.

De Palerme, Rosalia se souvenait à peine : seuls, subsistaient les murs de la prison où elle était allée visiter son père, les meubles fanés du garni qu'occupaient les trois femmes, et le jardin public, où, le soir, marchant près d'Angiola qui se retournait parfois pour sourire à quelqu'un, elle se sentait l'ombre de cette fille éclatante. Puis, après des semaines, des mois peut-être, car le temps ne comptait plus depuis qu'il s'inscrivait sur des horloges nouvelles, Don Ruggero revint s'asseoir près de sa grasse épouse gavée de citrons confits. Un Don Ruggero hâve, débile, bizarrement raisonnable, prêt à vendre ce Gemara, où il ne récoltait que du malheur. Le manque d'offres l'obligea à se contenter d'un moyen terme, en louant la maison à de riches étrangers. Le monde l'approuva de se défaire d'un domaine où il ne pouvait plus vivre; bien plus, on jugea ce vieil homme guéri de sa folie, depuis que celle-ci, devenue plus profonde, s'était faite invisible. Si Ruggero di Credo paraissait dépris de sa terre de Sicile, c'est que son espoir se reportait violemment sur la Maison cimentée par le sang, que constituait pour lui sa famille. En prison, il s'était souvenu de cousins éloignés, détenteurs d'un de ces noms célèbres que même les plus ignorants connaissent, et assez opulents pour habiter l'étage noble d'un des plus beaux palais de Rome. Bien que ses lettres aux princes de Trapani fussent restées sans réponse, il comptait sur eux pour l'aider à relever la fortune des Credo, dont Gemara n'était qu'une inutile preuve de pierre. Rosalia fut chargée de vendre de pauvres bijoux pour payer leur passage; ce fut elle, accompagnée de sa mère, qui retourna dans Gemara encombré par les malles des nouveaux locataires, pour emballer ce qui restait de vêtements et d'objets de ménage; enfin, elle s'occupa du départ.

Donna Rachele ne cessa de vomir durant la traversée; Don Ruggero s'obstinait à raconter à ses voisins son histoire; Angiola avait laissé en Sicile le premier homme qu'elle eût aimé d'amour : Rosalia, pour la consoler, baisait tristement ses mains pâles. L'affection passionnée qu'elle éprouvait pour sa sœur lui permettait d'entrer à la fois dans le rôle de l'amant et dans celui de l'amoureuse; cette fille ingénue, ne soupçonnant pas les bornes intérieures faites de fatigue, de stupeur et d'orgueil, qui, au pire des souffrances, empêchent encore de trop souffrir, prêtait sa force intacte à ce désespoir d'une autre; s'affligeant sur elle-même, des souvenirs, des regrets précis eussent délimité son malheur; souffrant pour autrui, cette innocente pleurait sans le savoir sur tous les maux de l'amour. Vers le matin, Angiola s'endormit; le père, ignorant des humiliations qui l'attendaient à Rome, ronflait déjà sur la couchette voisine; Rosalia continua de veiller à leur place comme si elle était leur âme. A force de les laisser se reposer sur elle de tout le soin de leur vie, elle devenait pour eux une sorte de servante qu'ils employaient à souffrir.

La perte de sa sœur fut pour Rosalia un arrachement moins cruel que leur départ de Sicile, car elle avait pris l'habitude du malheur. Puis, il en fut de cette séparation comme de toutes celles qui déchirent : on les croit temporaires tant qu'on ne s'y est pas résigné. Don Ruggero importuna ses cousins pour qu'ils fissent recevoir Angiola dans une pension de Florence où n'entraient que des filles nobles, fermant ainsi la bouche à ceux qui ne voyaient en lui qu'un paysan usurpant son nom. Rosalia approuva ce projet qui soustrayait sa cadette aux vagues dangers de la rue, à un père sénile, à une mère pleurnichante, à l'inconfort de l'appartement loué par Don Ruggero au dernier étage d'un immeuble de la Via Fosca. Angiola avait seize ans; candide, les cheveux lisses, les yeux baissés dans un visage sans poudre, elle parut le matin de son départ reculer vers l'enfance; Rosalia comprit que sa sœur avait mis de côté l'Angiola véritable, comme on abandonne en automne une robe claire pour la remettre au printemps. Elle conduisit à la gare une fillette vêtue de bleu marine, que des étrangers seuls prendraient pour Angiola.

Pendant trois ans, Rosalia trouva dans chaque misère nouvelle une consolation à l'absence de sa sœur; le père parlait de vendre à bon prix ses secrets de sourcier pour se renflouer et rentrer en Sicile : la vie de Rosalia se partageait entre l'attente d'un retour et celle d'un départ. Angiola revint du couvent pourvue de grâces nouvelles, et d'un accent qui faisait honte aux inflexions restées méridionales de sa sœur aînée. Rosalia n'eut pas de peine à la faire accepter comme demoiselle de compagnie par la princesse que Don Ruggero s'obstinait à traiter cérémonieusement de chère cousine, quitte à tourner en dérision dans l'intimité sa lésine, son affectation, et surtout son titre, qu'il lui enviait, mais dont il contestait l'ancienneté. La princesse de Trapani avait un fils; Rosalia rêvait vaguement d'un mariage qui leur rouvrirait à tous Gemara. Heureusement, Don Ruggero n'était pas chez lui quand cette vieille dame appuyée au bras de son chauffeur monta leurs trois étages pour le plaisir de faire une scène : Angiola était partie sans prévenir, son mois payé d'avance dans la poche de son manteau, et probablement pas seule. Ni la princesse, qui d'ailleurs préférait peut-être les ignorer, ni Rosalia, à qui Angiola plus tard ne révéla rien, ne surent jamais les vraies circonstances de ce départ. Rosalia cacha à son père cette mésaventure. Elle mit des annonces dans les principaux journaux de Rome; toujours sans nouvelles, elle crut à un suicide, puis à la réapparition du médiocre amoureux à qui jadis Angiola s'était donnée à Palerme, car ce cœur fidèle croyait en la fidélité.

Ce fut vers cette époque que Rosalia di Credo, toujours vêtue de noir, prit l'aspect endeuillé sous lequel ses voisins se souvinrent plus tard de ce fantôme. Elle aidait sa logeuse dans son commerce d'objets de piété : son visage, exposé à la froide pénombre des églises, acquit les teintes rances de la cire qui, jadis, fut pourtant sœur du miel. Sa mère mourut, acquérant en un jour, grâce à la visite du docteur et aux cérémonies de l'extrême-onction, plus d'importance dans le quartier qu'elle n'en avait eue durant ces quatre interminables années; Don Ruggero perdait régulièrement au *lotto* les petites sommes que lui lâchaient ses protecteurs : ces gens finirent par lui refuser tout secours; on le trouva posté devant leur porte, répétant sans cesse, avec une précision inepte, le même mot et le même geste obscène par lesquels il se soulageait de son mépris. Le prince de Trapani le fit entrer dans un asile. Rosalia resta seule dans l'appartement vide qu'elle gardait parce qu'Angiola en savait l'adresse. Enfin, lorsque déjà Rosalia tâchait de s'habituer à la mort de sa sœur, Angiola revint, par un jour de juillet auquel Rosalia se reporta par la suite, quand on parlait d'un bel été.

Elle ne lui demanda rien, car son visage lui apprenait tout. Tout, c'est-à-dire la seule chose importante : qu'Angiola avait souffert. Sans les connaître, elle lui pardonna ses fautes; elle lui en voulut seulement de ne pas l'avoir prise pour complice. Les beaux yeux cernés de . son Angiola repentante lui firent oublier, et la chevrette rieuse des jardins de Sicile, et l'écolière timide pleurant sur un quai de Rome : ainsi cette sœur nouvelle fut son dernier amour. Ce temps de vie commune fut un de ces répits, presque heureux, entre deux tristesses, qui s'embellissent dans le souvenir jusqu'à sembler du bonheur, et, au moment de mourir, empêchent de désespérer. Cette tendresse, qu'elle croyait pure, ignorant qu'elle aurait pu ne pas l'être, l'entraîna à autant de concessions qu'un attachement charnel. Elle rogna sur l'argent du ménage pour habiller sa sœur; elle lui fit des robes qu'Angiola consentit à mettre, malgré leur laideur, par une condescendance qui ressemblait à de la bonté. Elle finit par savoir qu'Angiola malade s'était réfugiée quelque temps dans un village aux environs de Florence; manquant d'argent, elle avait accepté l'aide d'un jeune notaire de province rencontré naguère chez sa protectrice, et qui, comme le veut souvent une Providence ironique, cachait l'âme de Don Quichotte dans un corps de Pança. Angiola, qu'égayait ce gros bouffon tendre, n'avait pas repoussé ses offres de mariage : il venait la voir quand ses affaires l'appelaient à Rome; il lui apportait ce superflu de fleurs et de bonbons sans lequel maintenant elle ne pouvait vivre.

Résignée aux amours de sa sœur, tant qu'il s'agissait d'hommes dont à la rigueur elle comprenait l'attrait, Rosalia méprisa ce lourdaud qu'Angiola ne pouvait aimer, mais ce fut aussi la raison qui l'empêcha de le haïr. Elle cacha son dédain pour la petite maison que Paolo Farina, à la suite de spéculations heureuses, bâtissait à Pietrasanta; elle aida Angiola à choisir des étoffes, des meubles : le lendemain du mariage, l'avarice de Paolo reparut dans l'examen des factures. Elle chargea son beau-frère du soin de leurs piètres rentes; il fit pour elle le voyage de Sicile; elle goûtait, à l'éloigner momentanément d'Angiola tout en l'obligeant à exercer à leur profit ses talents d'homme d'affaires, un de ces plaisirs cruels qui, à la longue, nous rendent chères nos victimes. Et, peu de mois plus tard, quand Paolo, arrivé à Rome par le train de nuit, lui apprit la disparition d'Angiola, partie la veille en compagnie du second ténor d'une troupe d'opéra ambulante qui avait donné deux jours plus tôt *Aïda* sur une scène de Florence, elle eut pour ce gros homme sanglotant sur une chaise cet élan de pitié qui naît d'un commun malheur.

Elle n'avait pas trente ans; elle était déjà vieille, tant vivre usait cette fille qui croyait n'avoir pas vécu. Elle rôdait aux abords des hôtels garnis ou dans le quartier de la gare, dévisageant les inconnues assez belles ou assez tristes pour être Angiola. Paolo, se vengeant sur Gemara de l'abandon de sa femme, cessa de payer l'intérêt des hypothèques; Rosalia se brouilla avec lui pour l'avoir vu, un soir, sur le seuil d'un café, avec une femme qui sans doute remplaçait l'absente. Elle ne se disait pas que sa sœur, où qu'elle fût, pouvait être heureuse, les malheurs d'Angiola étant ce qui lui restait d'espérance. Elle s'attendait à la retrouver trahie, peut-être malade, en tout cas découragée; elle ne préviendrait même pas le grotesque mari qui avait causé sa perte : toutes deux, pour gagner leur vie, se placeraient comme bonnes dans la pension de famille qu'une Anglaise venait d'ouvrir à Gemara. Mais ce domaine, où plusieurs locataires s'étaient succédé en peu de temps, semblait conspirer en silence à repousser les étrangers; la pension ferma au bout de quelques mois sans que l'Anglaise eût fait plus qu'acquitter son premier trimestre : les créanciers de Don Ruggero perdirent patience; et un minotier enrichi, le pire ennemi des Credo, annonça l'intention d'acheter la maison, de n'en garder que les quatre murs, et de construire une villa moderne sur ce qui avait été Gemara.

A chaque nouvelle sommation d'huissier, Rosalia était allée prévenir le père : elle croyait encore qu'il pourrait seul tout sauver. Mais Don Ruggero, figé dans une complète torpeur, devenait inaccessible comme les morts et comme les dieux. Il restait assis sans mot dire, passant et repassant les mains sur les bras de son fauteuil d'osier, muet comme certains sourds, renfrogné comme certains aveugles. Rosalia s'entêtait à parler, ne comprenait pas que les mots ne peuvent rien sur la surdité de l'âme. Parfois, le vieux menacé dans son calme levait peureusement la tête; puis, une expression de stupidité béate lissait de nouveau son visage; et son sourire, deviné aux commissures des lèvres et des paupières, exprimait, non le plaisir de comprendre, mais la joie maligne de n'avoir pas compris. Ce paysan finaud, faisant de sa ruse un archet, avait joué de son malheur comme d'un violoncelle. En Sicile, il s'était servi de ses secrets pour escroquer ses admirateurs, et même ses ennemis; à Rome, il avait organisé sa misère comme un chantage contre ses parents riches; humilié par la vie, qui l'un après l'autre avait soufflé ses rêves, il mettait la démence entre sa défaite et lui. Au moment de sombrer, Don Ruggero regagnait son île : la folie, c'était sa Sicile. Sa fille Angiola ne s'était pas enfuie avec le second ténor d'une compagnie de province : elle était toujours là, intacte comme les statues sorties grâce à lui du ventre de la terre, et auxquelles, dans le bois de Gemara, à l'heure du bain dans la citerne romaine, il pouvait comparer sa beauté de jeune fille nue. Il les avait exhumées, ces statues ; elles s'étaient levées pour venir à lui comme des femmes ; c'étaient elles, et non d'autres, qui remplissaient à Palerme les galeries du musée de la place de l'Olivella. Et l'on faisait bien, pour dérouter les envieux, de répandre le bruit de sa ruine ; il savait ce qui en était, lui qui, dans des couffins de paille, derrière les bonbonnes vides du cellier, gardait assez de pièces d'or pour restaurer Gemara. Et ce fauteuil d'osier (ha ! ha !) était un siège tout en marbre, qu'il ne se lassait pas de caresser. La présence de Rosalia irritait le malade : méconnue par ce père, qui, disait-elle, n'était plus lui-même, elle se hâtait de quitter l'Asile, sans voir que, pareil aux sorciers vendant leur âme pour la possession des choses, ce gâteux n'avait fait que troquer sa raison contre son univers.

Dans le bruit de cloches du soir, Rosalia rentrant de l'église prit des mains de sa logeuse une lettre timbrée de Palerme. Elle attendit pour l'ouvrir de s'être enfermée dans sa chambre : Paolo Farina l'avisait que la vente sur saisie avait eu lieu tel jour par les soins de Maître Un Tel; ce papier noir et blanc lui fit l'effet de son propre faire-part. Elle s'assit sur son lit, dans cette chambre pleine de ruines, regardant, de ses yeux d'où déjà s'éloignaient les choses, le plancher où les meubles, comme des épaves, semblaient flotter : le fauteuil qui n'avait plus de raison d'être, puisque Don Ruggero ne s'y assoirait plus, le lit sur lequel Angiola ne viendrait plus coucher. Rosalia s'était résignée à ces pertes, à force de s'en désespérer, mais elle croyait pouvoir se souvenir de Gemara avec sécurité. Elle s'était presque faite à l'idée de n'y pas revenir, pourvu qu'en février, s'il pleuvait à Rome, elle pût s'imaginer la présence du soleil sur ces terrasses de pierre. Elle comprenait enfin, vaguement, comme comprennent ceux qui pensent avec leur cœur, que ce domaine ne serait plus situé à quelques centaines de lieues, mais à quelques années de distance : la maison, c'était son passé. La démolition de Gemara n'aurait lieu que dans son cœur, car les pierres ne sentent pas la pioche, le père était trop vieux pour souffrir, Angiola n'y pensait plus. Un minotier enrichi avait le droit de jeter bas Gemara puisque ceux de la famille, s'ils y retournaient, le miroir ne les reconnaîtrait pas. Elle-même, sans le savoir, elle avait vingt fois démoli, puis rebâti ces vieux murs : le Gemara luxueux qu'elle voulait pour sa sœur, le Gemara princier qu'elle souhaitait au père pour le venger des dédains du beau monde n'avait rien de commun avec le logis de son enfance : il n'existait plus, même en elle, où des rêves adultéraient ses souvenirs. Mieux encore, en ce moment ce désastre ne l'affectait pas tout entière : un bout de glace brisée, au-dessus du lit, lui renvoyait l'image d'une personne qui n'aurait pas demandé mieux que de continuer à faire la cuisine et à vendre des cierges, si seulement elle l'avait laissée tranquille. L'obscurité la débarrassait peu à peu de cette étrangère qui n'était autre qu'elle-même. Elle fit quelques pas dans sa chambre, dont les murs ne la préservaient plus du vide. Sans étonnement, comme elle eût constaté un besoin quelconque de sa chair, elle sentit tout à coup qu'elle avait envie de mourir.

Atteinte par le malheur comme par un commencement d'asphyxie, elle ouvrit brusquement la fenêtre. Le bruit de Rome, fait d'allées et venues invisibles dans cette rue peu passante, déferla sur elle comme une vague. Elle eut froid, bien que la lourdeur de l'air annonçât déjà l'été. Une série de balconnets inégaux formait, avec les saillies du toit, autant de maigres jardinets arrosés distraitement le soir par des voisines en bigoudis et en camisoles. Trois étages plus bas, dans la cour d'une maison voisine, une femme vue de dos nourrissait des pigeons ; ses bras couverts d'ailes rappelèrent vaguement à Rosalia ceux de la petite idole en terre cuite trouvée toute fracassée dans le sol de leur jardin de Sicile.

— Ma-da-me Cel-la!

— Aaah-hi! Comme elle m'a fait peur!

Marcella renversa la tête pour voir d'où tombait son nom. Les pigeons s'envolèrent. Son beau visage, pesant comme du marbre, n'exprimait que du calme. Elle avait eu peur, pourtant, la peur instinctive, toujours en éveil, mais vite contrôlée, de ceux qui ont la vieille habitude du danger.

— Que voulez-vous?

— Un peu de braise, Madame Cella. Encore un peu de braise. J'ai mis l'argent dans le panier.

La corbeille fila au bout d'une corde, contenant l'obole à Caron sous forme de dix lires à l'effigie d'un monarque de la maison de Savoie. Marcella rentra chez elle, puis en ressortit un plat à la main. Elle était accoutumée à rendre ces petits services qui sont de rigueur entre voisines. Le panier, alourdi par le plat de fer où des pommes de pin prises aux forêts vivantes venaient d'allumer le charbon des forêts mortes, monta lentement, heurté çà et là par le rebord des gouttières, et Rosalia tirait sur la corde comme si elle halait sa mort.

— Rien d'autre?

— Rien pour le moment, Madame Cella.

— Une minute alors; je vais vous chercher votre monnaie.

— Plus tard, Madame Cella. Bonsoir.

— Bonsoir.

Elle ferma les vitres, les volets, les rideaux. Dans

la chambre soigneusement calfatée contre l'air de dehors, le bruit de Rome ne fut plus que l'incertaine rumeur de vagues, l'imperceptible trépidation de machines qu'on devine quand même dans une cabine bien close. Rosalia s'assit sur sa malle qu'il ne serait plus jamais question d'expédier nulle part, penchée sur le réchaud qu'elle éventait à l'aide des documents du notaire. Quand on a froid, il est prudent de se réchauffer. En pleine mer, il fait toujours froid. L'âcre odeur de charbon lui rappelait celle du bateau à vapeur qui va de Naples à Palerme : elle était assise sur sa malle dans une cabine de seconde classe; ce bruit, c'était le père qu'on entendait ronfler sur la couchette voisine. Elle était folle d'avoir compté ici sur le retour d'Angiola : il y avait beau temps que la petite l'attendait en Sicile. Cette odeur de brûlé, c'était la récolte de maïs qui flambait dans la grange : la grange était si vaste qu'elle flambait depuis douze ans. Il y avait douze heures de Naples à Palerme : on n'arriverait qu'à l'aurore. Des flammes commencèrent à danser : le bas de sa jupe de mérinos avait pris feu au contact de la braise; elle n'avait pas peur, mais il fallait éteindre les flammes. Si on ne les éteignait pas, tout Gemara prendrait feu. Ce n'était pas les flammes des cierges; elle n'offrait jamais de cierge pour obtenir quelque chose : les mêmes malheureux en achetaient trop souvent à Sainte-Marie-Mineure; elle avait cessé de croire à leur utilité. Elle porta les mains à ses jupes pour rabattre les flammes : une vague envie lui vint de se rouler sur son lit pour les étouffer; mais déjà la fumée, s'épaississant partout la suffoquait comme du brouillard. Rosalia traversa la chambre qui roulait et tanguait sous elle, et, le cœur chaviré par le mal de mer de la mort, elle retomba sur son lit.

On frappait à la porte : elle entendait, mais ne voulait pas ouvrir à ces paysans incendiaires. Elle étouffait : mais, par prudence, il valait mieux que la fenêtre restât fermée. Elle avait oublié qu'elle avait envie de mourir. Les images se succédaient dans sa tête obscurcie, ni moins nombreuses, ni moins vives qu'à l'ordinaire, mais autrement expliquées. Elle était lasse : ce n'était pas miracle, après une nuit blanche dans le domaine assiégé. Heureusement, l'aube allait venir. Le lit de fer — la barque — filait à une vitesse si continue qu'elle n'était plus vertigineuse. Le feu prit à la courtepointe, puis au matelas : des reflets se jouaient sur les murs blanchis à la chaux, comme, dans le ciel gris de l'aube, les premières rougeurs du matin.

— Saint Antoine! Quelle fumée du diable!

Elle n'entendit pas. Ses voisins de droite, alertés par l'odeur, pesaient sur la porte; la serrure forcée, ils entrèrent. Elle ne les entendit pas faire ruisseler des brocs d'eau, éteindre le feu, tousser, rouvrir la fenêtre, partager avec les voisins du deuxième étage l'excitation de la découverte. Tranquille, couchée sur sa courtepointe roussie comme le cadavre de ses ancêtres sur le bûcher des funérailles, les yeux grands ouverts, Rosalia di Credo venait d'aborder au pied d'un monstrueux Gemara nocturne où l'attendait Angiola.

— C'est ici. Je vais la prévenir.

— C'est que je suis très pressée. Comme j'habite Ostie...

Il l'avait deviné, bien qu'elle n'eût pas dit son nom. Cette personne par trop correctement vêtue n'était probablement pas une affiliée du groupe. D'ailleurs depuis quelques semaines, les membres du groupe se terraient. Et une cliente serait entrée par la porte de la boutique. Oui, c'était bien cette femme dont Carlo un jour lui avait montré la photographie. De plus, ses mains gantées de noir tremblaient.

— Entrez. On est mal dans ce corridor. Et puis, les gens qui passent peuvent entendre.

Aussitôt complice, elle le suivit dans une cuisine qui servait également de chambre à coucher, car on y voyait un lit. Il faisait déjà sombre. Il tourna le commutateur, du geste précis qu'on a chez soi. La force venue des cascades de Terni pour se changer en lumière mit en valeur le visage presque trop fin du jeune homme, sa figure mince, quasi parfaite, mais troublée, et où l'expression sans cesse contrariait la beauté. Il remarqua le sac noir, le manteau noir, l'écharpe pareille au crêpe des veuves encadrant sans grâce les traits tirés de la visiteuse. « Grotesque, pensa-t-il. Une petite-bourgeoise en deuil. »

— Ils ont tout mangé, Massimo, dit une chaude voix de femme, parlant derrière la cloison de la boutique. Sais-tu? Ils marchent sur mes mains, ils prennent même le grain sur mes lèvres... Et quelle force, quand ils s'accrochent avec leurs pattes roses... Mais je ne compte pas, comprends-tu? Si par hasard c'était demain une voisine...

— Viens, dit-il impatiemment en élevant la voix. On t'attend ici.

L'avertissement se perdit dans un claquement de volets rabattus. Les pas de Marcella se rapprochèrent sur le carrelage.

— Mon passereau, fit-elle, employant sur un ton câlin une tendre expression populaire, pourquoi as-tu allumé la lampe? J'ai encore tant de choses à te dire. C'est bien mieux quand il fait nuit.

La visiteuse rougit comme si elle épiait une femme nue. Surprise, mais nullement déconcertée, Marcella s'arrêta sur le seuil. Comme elle était loin de la lampe, on voyait mal son visage.

— Marcella, dit le jeune homme en s'approchant pour refermer la porte derrière elle, Madame Carlo Stevo vient sans doute chercher des nouvelles.

Il savait son nom? Les mains de Vanna tremblèrent davantage. Machinalement, elle se déganta. Certes, sa démarche était bien simple : elle comptait lui garder l'aspect d'une visite banale, d'où toute émotion est prudemment écartée. Mais ces gens la jugeaient toute simple pour des raisons opposées aux siennes, aussi à l'aise dans leur sincérité tragique, dont ils ne voyaient pas tout le convenu, que Vanna parmi des conventions dont elle ne sentait pas toute l'inanité. Et du geste de quelqu'un qui reboutonnerait son manteau :

— C'est à Madame Marcella que je voudrais parler, dit-elle.

— Massimo Iacovleff ne serait pas ici s'il n'était pas au courant de tout. C'est le meilleur ami... — Elle hésita. —... de Monsieur Stevo.

Le regard têtu, presque insultant, de la visiteuse l'obligea de rectifier :

— De Carlo, fit-elle; de notre Carlo.

Et doucement, avec une affectueuse simplicité :

— Le pauvre!

Sans le vouloir, elle en parlait comme d'un mort.

Ils s'assirent. Rien ne manquait pour l'évocation d'un fantôme, ni la pénombre, ni la fumée que répandaient les cigarettes de Massimo, ni leurs mains posées sur la table comme dans les séances spirites. Mais l'absent évoqué différait pour chacun d'eux. Vanna songeait au convalescent s'appuyant sur elle au cours de leurs promenades d'Ostie, au grand homme rassuré par les petits conforts de la vie bourgeoise, à son bonheur conjugal vite évanoui comme un songe, la laissant démunie au milieu d'un monde compliqué qu'elle n'avait jamais tout à fait compris. Marcella revivait les vastes projets débattus au milieu d'imprudences enfantines et de précautions romanesques, un voyage à Genève au cours duquel des sympathisants les avaient aidés à passer la frontière, des tracts glissés sous les portes aux petites heures du jour, le désespoir et la honte qui les envahissaient tous deux quand, assis côte à côte, là, dans cette même chambre, ils écoutaient tonner à la radio la voix du dictateur, l'activité fébrile qui les tenait éveillés lorsque, écrasés de fatigue, ils reposaient tout habillés sur le lit, non en amants, mais en complices. Massimo revoyait dans un café de Vienne un étranger aux vêtements élimés auquel il avait procuré un faux visa sur un faux passeport, un malade extraordinairement vivant qui lui serrait le poignet entre ses mains moites de phtisique, balbutiant dans un allemand incorrect ses idées sur la vie, le secret de ses plans, et d'indistinctes protestations de tendresse. De tant de Carlos, l'un séparé d'eux par l'espace, les autres par le temps, c'était sans le savoir le premier qu'ils sacrifiaient, aucun d'eux n'imaginant complètement ce que pouvait être, au moment où ils parlaient, la vie de ce prisonnier. Et comme les fidèles, ne se contentant pas que leurs dieux soient vrais, ont besoin de les croire uniques, chacun des trois ignorait ou dédaignait le fantôme qui hantait les autres, et s'absorbait silencieusement dans la contemplation du sien.

— Est-ce qu'on sait?... Il en reviendra peut-être bientôt, hasarda timidement Vanna.

— Jamais, dit avec mépris Marcella.

L'hypothèse d'un moment d'indulgence, d'humanité peut-être, de la part du dictateur la scandalisait, l'inquiétait comme une dangereuse tentation de l'esprit qui eût risqué d'ébranler son indignation, et, conséquemment, sa haine.

Marcella Ardeati était née en Romagne; à Cesena, où sa mère exerçait le métier de sage-femme. Son père, militant anarchiste, avait été destitué de son poste d'instituteur par ordre du despote qui avait été jadis son ami d'enfance. Un jeune médecin riche, déjà célèbre, l'avait épousée par amour après quelques mois d'une liaison orageuse au cours de laquelle elle s'était tour à tour ardemment donnée et violemment reprise. Elle l'avait fui deux ans plus tard, rougissant de ce mariage avantageux comme d'un attachement coupable, et c'en était bien un, puisque ces années de passion l'avaient momentanément détournée de sa vocation véritable, c'est-à-dire du malheur. La richesse, le succès, le plaisir, le bonheur même provoquaient chez elle une horreur analogue à celle du chrétien pour la chair; de même que le chrétien ne peut jouir pleinement de cette chair qu'il redoute, car la honte et le remords lui gâtent sa jouissance, le plaisir et l'argent n'eussent fait que ramener Marcella au souvenir de son père mort misérablement dans la salle commune de l'hôpital de Bologne, de sa mère condamnée pour manœuvres abortives. Peu à peu, cette solidarité avec le malheur des siens s'était élargie, l'associait désormais à tous les humiliés, à tous les opprimés, à tous les punis. L'attente de l'avenir avait donné à cette femme vouée à la révolte les larges yeux des jeunes Sibylles. Sa rencontre avec Carlo Stevo s'était faite au moment où tous deux désespéraient le plus de l'état de leur pays et du monde. Cet homme exaspéré, fragile, hardi pourtant avec les idées qu'il poussait jusqu'aux extrêmes limites où elles deviennent des actes, avait acquis en elle une Marthe violente en même temps qu'une mystique Marie. Pour ce Slave de Trieste, à la fois peu et passionnément italien, elle avait été la Terre, cette puissante terre italienne qui survit à toutes les aventures des régimes. Elle avait signifié le Peuple pour ce solitaire issu d'une de ces bonnes familles de la bourgeoisie libérale qui ont naguère inventé l'idée même de peuple, mais qu'un reliquat d'usages, de préjugés et de crainte empêche presque toujours de frayer librement avec lui. Peut-être même avait-elle d'autant mieux représenté pour Carlo Stevo la force et la simplicité populaires que par son éducation, son mariage, ses fréquentations, elle n'appartenait plus tout à fait au peuple. Enfin, si pour ce misogyne, ce timide, ou peut-être ce chaste, elle n'avait pas été la femme, à défaut de plaisir partagé, une haine commune les avait liés l'un à l'autre. Il s'était installé chez elle dans l'année qui avait précédé sa déportation; dans son magasin de grains, entre les sacs pleins du secret des semences, s'étaient tenus des conciliabules où couvait, sous cette Rome redevenue impériale, tout le pur fanatisme des jeunes sectes persécutées. C'était dans cette chambre qu'il s'était fait arrêter peu après son retour de Vienne. Mais tandis que le sens de la justice, du droit, une sorte de bonté indignée, avaient conduit Carlo à la haine pour le maître nouveau en qui s'incarnait la raison d'État, c'était la haine au contraire qui, peu à peu, avait mené cette femme, fraternelle envers tous les vaincus, à cultiver en soi les émotions de la bonté. Tout en elle irritait Vanna : son beau visage un peu fruste, usé déjà par la vie, ses grandes mains harassées, ses seins à l'abandon sous son châle de laine noire. Et, se hâtant de parler avant que la rage ne l'étouffât :

— Voici plus de trois mois que nous sommes sans nouvelles... Je n'ai pas l'habitude de rendre visite à des inconnus... Mais j'ai pensé... — Elle s'essouf-flait, comme obligée de remonter une pente trop rapide. — Je me suis dit que vous aviez peut-être des arrangements que nous n'avons pas... Si vous avez par hasard un message pour moi...

— Carlo ne nous écrit pas non plus, dit Marcella.

— De vrai?

Vanna la regardait avec incrédulité, avec méfiance, disposée pourtant à croire que sa rivale n'était pas mieux traitée qu'elle-même.

— On interceptait les lettres si elles contenaient autre chose que des riens, dit fermement Marcella. Je ne vois pas Carlo nous écrivant qu'il va bien et qu'il fait beau temps.

Et elle se leva pour débarrasser la table d'une cafetière et de deux tasses vides, montrant par ces gestes de ménagère que cette entrevue ne l'intéressait pas.

— Mais il ne va pas bien! Vous ne vous souvenez pas qu'il crachait le sang? Qui sait si à l'heure où je parle il est encore de ce monde, le pauvre!

— Vous ne vous figurez pas qu'ils nous le renverront vivant?

— Cela vous dérangerait, je m'en doute, hurla soudainement Vanna. Dire que je me suis figurée que vous l'aimiez autant que je l'aime, ajouta-t-elle en se levant comme une femme qui va frapper ou gifler quelqu'un. Je vous plaignais presque... Je me disais: cette femme est comme moi, elle souffre... J'aurais dû la détester, mais je la plaignais presque... Je m'étais fait coiffer pour aller chez elle... Je ne savais pas que j'aurais affaire à une espèce d'ouvrière en châle... Un homme comme lui, un homme auprès de qui on ne se sentait jamais assez raffinée, ni assez bien mise... Et regardez-la, la charogne, à l'aise comme si elle n'était pas cause de tout...

Puis, avec une insolence étudiée à laquelle on ne s'attendait pas de sa part :

— Je m'excuse de parler ainsi de votre amie devant vous, monsieur.

— Ne vous dérangez pas pour moi, Madame Stevo, dit tranquillement le jeune homme.

— Vous l'auriez protégé, n'est-ce pas ? Vous l'auriez claquemuré dans sa bonne existence bourgeoise ? Vous lui auriez conseillé de faire sa paix avec l'Autre, d'écrire de bons livres, de bons romans, de quoi s'offrir chaque année un petit voyage à Paris, un séjour dans les Alpes ou une nouvelle voiture. Est-ce que je ne connais pas l'intérieur des ménages ? Vous auriez profité de sa maladie pour étouffer en lui le révolutionnaire, le héros, l'apôtre. Carlo me disait bien que son mariage avec vous était une des pires suites de sa pneumonie.

— Il vous le disait ? A vous ?

— Et à qui d'autre ? Qui d'autre s'intéresse au ménage de Carlo Stevo ?

Séparées par la table, les mains sur la toile cirée luisante, les deux femmes s'affrontaient furieusement, symboles presque grossiers du destin de l'homme qui sans espoir s'était débattu entre elles comme un nageur entre un banc de sable et un rocher. Et (car la haine est la plus théâtrale des passions) la petite bourgeoise s'exprimait comme une femme de la rue, et la femme du peuple parlait comme en scène.

Accablée, Marcella se rassit.

— Je suis bien bonne de m'occuper de vous, fit-elle. Renvoie-la, Massimo. Dis-lui qu'elle s'en aille...

Un instant, elle ferma les yeux, faisant en elle un vide où n'existaient plus qu'un objet brillant, qu'un déclic. « Quand j'étais infirmière à Bologne, avec Alessandro, il m'est arrivé de l'aider à extraire une balle du poumon ou du ventre d'un blessé. Faire le contraire : tirer sur cette brute, l'abattre, trouer ce sac plein de sang. Rien d'autre n'importe. Ne t'agite pas : ce n'est pas le moment d'avoir des mains qui tremblent. Vivant ou mort, Carlo, il y a entre nous un secret qui ferait pâlir cette petite femme; ce que tu osais à peine souhaiter qu'on fît, je l'accomplirai. Tu n'es, toi, que l'homme des livres. »

— Justement, je l'ai soigné, dit presque doucement Vanna Stevo. Je sais qu'il est faible, et qu'il a peur (tous les hommes sont lâches), et qu'il craint de mourir... Je ne l'ai pas compromis, moi; je ne me suis pas mêlée de politique; je ne l'ai pas poussé à sa perte pour m'en débarrasser. A lui, Carlo, vous n'y pensiez pas? Et à l'enfant, vous y pensiez? Et à moi, occupée à attendre, dans la maison où personne ne vient jamais sonner à la porte, pas même le facteur. Ma mère qui dit son chapelet et tire les cartes pour voir si le malheur arrive... Mon père qui rentre le soir en se plaignant que le commerce va mal, et n'a d'argent que pour sa garce d'Anglaise... Une famille contre laquelle il n'y a jamais rien eu à dire, et qui maintenant a honte, à cause de moi, quand des drapeaux défilent dans la rue... Sainte Vierge, continua-t-elle avec une violence de femme timide, est-ce que vous croyez que c'est une vie? Au moins, si je pouvais oublier Carlo, j'aurais bien trouvé quelqu'un d'autre... Ou si j'étais un autre genre de femme... Et quand j'arrive, ce soir, je vous trouve là, avec votre amant...

— Ah, Massimo, c'est trop bête, dit Marcella, riant d'un rire forcé et court comme un cri.

— Votre pensionnaire?

— Je ne loue plus de chambre, dit dédaigneusement Marcella.

— Laisse-la, elle souffre, murmura Massimo.

Et, se tournant vers l'adversaire, il repoussa la bande de journal sur laquelle, par contenance, il dessinait vaguement des cercles, des carrés, des palmes :

— Carlo parlait souvent de toi, à l'époque où nous nous sommes rencontrés à Vienne. Il disait : Vanna est belle, et elle ne sait pas qu'elle est belle. Il comptait faire soigner l'enfant dans un sanatorium de l'Œtztal... Comment va-t-elle?

— Et quand elle apprendrait à se traîner sur des béquilles, est-ce que ma croix en serait moins lourde? Il n'a même pas su me faire un enfant capable de marcher comme les autres, dit-elle entre un ricanement et une plainte.

En présence de ces gens qui semblaient penser tout haut, elle se débondait à son tour, s'avouait comme elle ne l'eût jamais fait parmi les siens. Cette fillette pour laquelle elle se ruinait en jouets et en médecins, elle ne parvenait pas à l'aimer; ses soins excessifs ne servaient qu'à se cacher à soi-même la honte d'avoir formé de sa chair ce petit être perclus et éternellement malade, le désespoir qui parfois la prenait à l'aube, étendue dans son lit à côté du lit-cage de l'infirme, et l'envie folle, lancinante, affreuse, d'étouffer l'enfant sous un oreiller, puis de mourir.

— C'est mon mari qui la traite, n'est-ce pas, dit presque tendrement Marcella. C'est chez lui que j'ai connu Carlo... Que c'est loin, mon Dieu!

— Carlo est très bas, très déprimé, dit subitement Massimo. Il vient d'écrire à l'Autre pour rétracter ce qu'il appelle des erreurs.

— C'est faux!

— C'est vrai, Marcella. C'est déjà dans les journaux du soir.

— Tu crois leurs mensonges?

— On m'a montré la lettre.

— Qui?

Mais elle se jeta sur le journal qui gisait sur un coin de la table.

— C'est vrai, répéta Massimo en lui posant la

main sur l'épaule. Presque tout est vrai. Les conseils que vous avez pu lui donner ont été suivis, Madame Stevo.

Vanna se saisit du journal que Marcella déjà lui abandonnait, et s'approcha pour lire de la lampe électrique. Une roseur montait à ses joues à mesure que toute couleur quittait celles de l'autre femme.

— Massimo, murmura Marcella, depuis quand le sais-tu?

— Depuis ce matin.

— Pourquoi ne m'as-tu rien dit?

— Par pitié.

— Il a vraiment livré des noms? Quels noms?

— Deux ou trois noms compromis. Ne t'inquiète pas : sa lettre les embarrasse plus qu'elle ne nous gêne. N'empire pas les choses, Marcella, continua-t-il en surveillant du regard la femme occupée à lire. Renonce à ce à quoi tu penses ; n'aggrave pas sa situation qui est peut-être atroce. Attends pour agir que nous sachions où nous en sommes.

— Je ne t'ai rien confié.

— Tu es plus transparente que tu ne crois.

Vanna radieuse replia le journal, ouvrit son sac, se refit machinalement une beauté comme une femme qui sort pour rencontrer quelqu'un.

« La malheureuse, pensa-t-il, elle s'imagine qu'elle va bientôt le revoir. »

De nouveau, rien qu'un instant, Marcella s'isola, la tête dans les mains. « Je ne te blâme pas. Peu m'importe par quelles brutalités ou par quelles promesses... Leur pire crime : nous salir, trouver moyen de nous forcer à plier ou à paraître l'avoir fait, s'arranger pour que plus personne ne soit pur... Raison de plus pour que j'agisse sans délai. Par revanche, par expiation... Pour le Parti, pour toi, pour moi-même... Nous ne sommes tous que des outils plus ou moins solides. On ne reproche pas à un outil de s'être brisé. »

Un coup de sonnette la fit sursauter.

— Déjà!

— Je suis sûr que non, dit Massimo. Mais laisse-moi ouvrir.

— Je ne veux pas qu'on te trouve ici, fit-elle en lui saisissant le bras. Va-t'en! Passe par la chambre!

— Pourquoi?

Mais il obéit avec un vague haussement d'épaules. Elle le poussa dans la pièce voisine où jadis avait logé Carlo, et d'où l'on sortait par l'arrière-boutique. Ce jeu de scène de comédie fit ricaner Vanna.

On sonna une seconde fois, impatiemment. « Ce ne sont pas eux, se dit-elle, ils ne sonnent pas ainsi. » Sitôt la porte ouverte, elle recula avec un cri de surprise, presque d'effroi, mais d'un effroi différent de son perpétuel état d'alerte et qui semblait émaner d'une autre partie d'elle-même. Le visiteur distrait buta sur les marches qui menaient du seuil à cette cuisine à demi souterraine. Seule, l'extrême aisance de cet homme en tenue de soirée l'empêchait de paraître ridicule dans cette atmosphère de catacombes.

— On ne loue plus de chambres, dit insolemment Vanna.

— Mon mari, fit Marcella, prononçant ce mot comme Vanna l'eût fait à sa place, avec une ostentation grossière, presque avec défi.

— S'il a des secrets à dire, je lui conseille de parler bas.

Elle sortit en claquant la porte.

— Qu'est-ce que c'est que cette folle?

— Vous la connaissez : la femme de Carlo Stevo, dit âprement Marcella.

C'était contre lui, maintenant, qu'elle retournait son défi.

— J'arrive en pleine crise... C'est le bon moment pour un médecin. Puis-je m'asseoir?

— Oui.

— Je vous dérange?

— Oui.

Debout, les mains appuyées à la table, elle prenait sans le vouloir une attitude d'accusée. Le docteur Alessandro Sarte s'assit, laissant tomber son sourire, comme il avait coutume de le faire, dans son cabinet, au début de cette enquête qu'est une consultation.

— Vous êtes hors de vous... Que vous a dit cette vipère?

— Rien. Elle venait chercher des nouvelles.

— Et vous lui en avez donné?

— Je ne sais que ce qu'on lit dans les journaux du soir. Vous venez triompher, je suppose? Vous avez l'intention d'observer sur moi l'effet de ce désastre. Ce n'en est pas un. Repartez avec l'assurance que je ne souffre pas.

— J'ai de meilleures raisons pour vous voir, dit-il.

— Je ne tiens pas à les connaître.

— Je tiens, moi, à vous les communiquer. Mais d'abord, continua-t-il en se penchant pour la toucher du doigt, laissez-moi m'assurer que la Marcella que je connais est encore en vie.

A ce simple contact elle se rejeta en arrière comme s'il l'avait frappée.

— Calmez-vous... — Il eut malgré lui l'intonation agacée d'un médecin dont le malade se dérobe au moment d'une piqûre. — Je n'ai pas l'intention de vous prendre par surprise... Vous êtes-vous jamais demandé ce que je deviens depuis quatre ans?

— Je n'ai pas eu à me le demander : vous avez réussi à faire faire assez de bruit autour de votre nom. Vous êtes en passe de devenir ce que vous souhaitiez d'être : cette sommité qu'appellent obligatoirement en cas de besoin les millionnaires et les gens célèbres. Vous avez assisté à quelques congrès; votre photographie a paru en bonne place dans *Le Faisceau Médical An X;* vous avez opéré un personnage important du régime, ce qui vous vaut, dit-on, l'inestimable faveur du grand homme. Est-ce là tout? Je suppose que votre compte en banque a décuplé depuis quatre ans.

— Je ne vois pas pourquoi vous ne me féliciteriez pas de vivre comme un ouvrier du travail de mes mains. Des mains de virtuose, ajouta-t-il du ton ironique de quelqu'un qui récite une phrase rebattue, en les étalant devant lui sur la toile cirée.

Marcella ne leur jeta qu'un regard.

— Et c'est cette virtuosité que je hais, dit-elle très vite, se hâtant de parler comme si chaque mot l'aidait à se barricader contre lui. La science ne vous intéresse pas. L'humanité...

— Épargnez-moi vos majuscules.

— Je ne conteste pas vos talents, Alessandro, je vous ai vu à l'œuvre. Mais vos malades ne sont que des clients qui paient, quoi encore, l'occasion d'un triomphe ou d'une expérience. Expérimenter avec le corps humain, continua-t-elle amèrement, c'est votre passe-temps préféré, même en dehors de la chirurgie.

— Ne simplifions pas tout, Marcella. Avec le corps humain, oui, et quelquefois aussi avec l'âme humaine.

Accoudé sur la table, le visage négligemment appuyé dans la paume des mains, il observait sans paraître le faire les meubles et les objets de la chambre. Le docteur Alessandro Sarte possédait une de ces figures à la fois impassibles et mobiles qui constituent moins un visage qu'une succession de masques : un masque de praticien, crispé par l'attention, qui ne lui appartenait pas en propre, mais servait aussi à bon nombre de ses confrères; un masque hâlé de Méridional aux traits de médaillon romain qui, depuis deux mille ans, était porté par toute la race; un masque de voluptueux, deviné parfois sous les commissures des autres, et qui semblait plus individuel parce qu'il était plus caché. Enfin, à de rares moments où Alessandro Sarte se croyait seul ou ne se surveillait pas, on voyait s'ébaucher sa figure véritable, le visage dur, amer et froidement désolé qu'il dissimulait dans la vie et qu'il aurait sans doute dans la mort.

— Pourtant, fit-elle d'une voix tremblante, mon âme à moi ne vous intéressait pas.

— En êtes-vous sûre? A vrai dire, le mot est démodé dans mon vocabulaire comme dans le vôtre. Continuez à me parler de moi, Marcella. Ma biographie m'amuse.

— Que reste-t-il à dire, poursuivit-elle, acceptant impétueusement cette chance de se délivrer de ses rancunes. Vous avez chassé à Grosseto l'an dernier avec une altesse. Vous avez démoli contre un mur, échangé ou vendu deux ou trois voitures de course. Vous avez couché çà et là avec quelques jolies filles disponibles. Vous avez eu une ou deux maîtresses, de ces femmes voyantes, à manteau de vison, dont les gens au restaurant et au théâtre chuchotent le nom quand elles passent. Vous les avez gâchées, détériorées autant qu'il dépendait de vous de le faire; vous vous êtes fatigué d'elles...

— C'est un hommage que je vous rends.

— Vous leur avez demandé un certain nombre de sensations, y compris celle du danger. Quand j'y pense, vos femmes représentent dans votre vie la même chose que vos Bugatti.

— Un transport, quoi?

— Oui... C'est ce qui explique que j'en ai eu vite assez de vous servir de véhicule.

Il nota comme une victoire qu'elle esquissait un sourire. Au bout d'un instant, exploitant cette veine :

— A propos de Bugatti, je vois que vous vous souvenez du soir où vous avez préféré continuer à pied la route de San Marino.

— Je ne veux pas me suicider pour rien.

— Vous me rassurez, dit-il gravement.

Et, se levant, il fit en silence quelques pas dans la chambre.

— Savez-vous, dit-il, que votre langage vous ferait reconnaître les yeux fermés, même si vous déguisiez votre voix? J'y retrouve l'influence des poètes du XIXe siècle, ces profonds imbéciles, qui encombraient le cerveau et la bibliothèque de votre père, et que vous avez cru retrouver dans Carlo, mon influence à moi, qui tout au moins vous enseignais la netteté, et... Vous n'avez pas changé, Marcella.

— Je n'en dirais pas autant de vous. Vous avez vieilli.

— Je me suis usé. Croyez-moi, ceux qui vieillissent ne s'usent plus; ils se conservent. S'user, c'est le contraire de vieillir. Vous fumez?

— Non.

— Je vois : guérie de mes vices. Et que fait ici ce cendrier plein de cendres?

— Ne faites pas briller pour si peu vos talents d'observateur, dit-elle en posant l'objet sur l'évier. J'ai déjeuné avec un ami.

— Le petit Iacovleff?

— Vous me faites surveiller? Quelle sollicitude!

— Je veille sur vous. C'est plus nécessaire que vous ne croyez. Écoute, continua-t-il sans s'inquiéter de ses protestations, comment t'imagines-tu que tu as pu continuer à vivre à peu près tranquille, apparemment libre, avec les idées et les amis qu'on te connaît?... Rends-moi d'ailleurs cette justice que je ne me suis pas imposé durant ces quatre ans.

— Je vois, dit-elle amèrement. Je serais aux îles Lipari, si... Reste à se demander ce qui se cache derrière cette bonté.

Elle s'était rassise. Les bras croisés sur la table, le menton sur la poitrine, elle n'offrait plus au regard qu'une surface dure et fermée.

— Rien d'autre que mon envie de ne pas voir une femme finir au bord d'une saline... Ma femme, fit-il avec une espèce de douceur, desserrant son masque.

Puisqu'enfin nos lois heureusement ne reconnaissent pas le divorce... Et, sans prétendre penser à vous plus souvent que je ne le fais, j'avoue qu'il m'arrive de me demander si j'ai toujours bien joué les cartes que j'avais en main...

— La question ne se pose pas. Vous auriez pu faire mieux que d'épouser votre infirmière.

— Ma meilleure infirmière. Personne ne vous a encore remplacée, Marcella.

— Est-ce une offre d'emploi?

— Non certes, dit-il, répondant par l'exaspération à son ironie. Et ce n'est pas non plus une invite à regagner le domicile conjugal. Pensez-vous que j'aie toujours trouvé délicieux ce mélange de bons moments et de mauvais quarts d'heure, ces accès de vertu d'héroïne de roman populaire, ces rancunes de classe jusque sur l'oreiller...

— Tout cela vous a assez plu pour vouloir faire de moi la Signora Sarte, fit-elle.

— Je sais, dit-il. J'ai mal calculé en supposant que le mariage assagit une femme... Quand je pense aux ennuis de famille que cette décision m'a coûtés... Passons. Et même en admettant que je me sois montré parfois ineptement exigeant ou sottement habile... Vous calculiez aussi, du reste. Je me rends bien compte que si je n'avais pas été à même de rendre service à votre père, ce raté aigri que vous travestissez en grand homme, la cérémonie ne vous aurait pas tentée.

— Vous n'avez rien fait pour lui, interrompit-elle.

— Après sa destitution, non. Je ne m'y étais pas engagé.

— Et c'est pour m'assagir, je suppose, fit-elle d'une voix qui devenait dangereusement stridente, qu'au lendemain même de la cérémonie, comme vous dites, sitôt arrivés à Cannes, vous m'avez infligé une de vos anciennes maîtresses, cette affreuse Française plâtrée rencontrée sur la Croisette.

— Autre hommage, dit-il, reprenant son ton léger d'homme trop à son aise. Il y a peu de femmes légitimes qu'on soit si pressé de présenter à une maîtresse.

— Assez, Alessandro! fit-elle tout à coup avec une tristesse brûlante. Ne réduisons pas le passé à de misérables démêlés d'alcôve... La politique nous a séparés, voilà tout. Auparavant, j'ai cru vous aimer.

— Non, dit-il, non. La politique entre un homme et une femme n'est jamais qu'un mauvais prétexte. Vous me connaissiez... Je n'étais pas assez fou pour ne pas m'être inscrit au Parti... D'ailleurs, toute hypocrisie mise à part, je l'admire, cet ancien maçon qui tâche de bâtir un peuple... Rien de plus méprisable que l'adulation du succès, mais puisque tout succès n'est jamais que passager, je ne fais que devancer le temps où cet homme fera dans l'Histoire figure de grand vaincu, comme tous les vainqueurs... En attendant, je ne refuse pas aux résultats pratiques mon estime viagère... Cela ne vous dit rien, *cet homme qui est parvenu?*

— Vous oubliez que je l'ai vu parvenir, dit-elle avec un infini mépris. Mon père corrigeait ses premiers articles à la gloire du socialisme.

— Croyez-moi, Marcella : il en est des doctrines qu'on trahit comme des femmes qu'on abandonne : elles ont toujours tort. Allais-je compromettre ma position péniblement acquise pour voler au secours d'une bande de fanatiques comme votre père ou de songe-creux comme Carlo Stevo? L'une des leçons de l'expérience est que les perdants méritent leur défaite. Mais une juste vue des nécessités politiques n'est sûrement pas ce qu'on peut attendre de la maîtresse du martyr.

— Je n'ai jamais été la maîtresse de Carlo Stevo.

— Je le pensais bien... Croyez-vous que je ne connaisse pas Carlo?... Personne n'est plus qualifié que moi pour faire ce soir son oraison funèbre.

— Quoi?

— Oui, dit-il. Carlo Stevo est décédé aux îles Lipari il y a environ vingt-quatre heures.

— Et vous n'osiez même pas m'annoncer tout simplement cette nouvelle, fit-elle avec indignation. Ils l'ont tué?

— Le mot s'applique mal à un malade qui n'avait pas six mois à vivre. Dites plutôt une forme de suicide.

Il attendit une réaction quelconque qui ne vint pas. Alors :

— Il a eu ce qu'il voulait, dit-il, compensant en

partie la dureté de son jugement par le ton de sa voix. Ce... C'était un rêveur, ce mot explique tout, pour moi qui sais que les réalités ne transigent pas. Un Stevo ne pouvait jouer avantageusement qu'un seul rôle, celui de martyr... Mais, en un sens, la nouvelle m'émeut. Nous étions liés, avant que... Je comprends qu'une femme l'ait aimé, cet enthousiaste qui voyait le monde à travers son cœur... Si vous m'aviez demandé conseil, continua-t-il, irrité déjà par son long silence, je vous aurais dit qu'on ne fait pas un homme d'action d'un Stevo, pas plus qu'une espèce de cygne ne s'improvise oiseau de proie. Depuis votre rencontre, même durant ses séjours à l'étranger où il vous échappait en partie, des amis m'ont dit qu'on voyait en lui, à je ne sais quoi de faussé, qu'il avait cessé d'être lui-même... Il s'obligeait à être le héros que vous souhaitiez qu'il fût... Quand on est suspect au régime, on ne consent pas à rentrer dans son pays pour travailler à Dieu sait quel coup d'État ridicule... Et on ne confie pas ses projets, dans un moment d'attendrissement, à un petit ami russe ou tchèque rencontré par hasard dans un restaurant de Vienne, et qui n'était du reste qu'un agent provocateur.

— C'est faux!

— Notez qu'il s'en doutait peut-être. Ce n'était pas un imbécile, Carlo... Mais quoi?... Il s'était laissé entraîner par vous dans l'action, trop heureux, je suppose, d'échapper à la nécessité de penser...

Acculé par vous à l'obligation d'agir, il a pu se laisser aller de son plein gré à la catastrophe... Et quant à ce garçon qui s'est hâté de le rejoindre à Rome (j'ai suivi de près toute cette affaire) et que vous avez si charitablement accueilli, je veux croire que son seul but n'était pas de compléter ses informations à vos dépens... On ne fréquentait pas Carlo sans l'aimer... On ne te fréquente pas, toi, sans t'aimer... Si le petit ne vous a pas prévenus que la souricière se refermait, c'est peut-être qu'il n'était plus temps, et le moyen d'avouer à ceux qu'on aime qu'on a commencé par les tromper?... Et ce cher Massimo avait besoin de l'argent de la police pour entretenir une maîtresse.

— C'est faux! C'est faux!

— Je vous assure... Une petite femme assez fanée... Une de mes malades... Cela vous indigne?... Il serait curieux que vous l'aimiez.

— Est-ce là tout? reprit-elle avec dérision. Revenons à la mort de Carlo Stevo. Si vous avez d'autres détails, ne me les cachez pas.

— Je vous conseille de ne pas laisser votre imagination prendre le dessus, fit-il, évitant de répondre. Je dis ce qu'on m'a dit.

Elle ne répliqua rien. Il s'aventura à s'emparer un instant de sa main.

— J'ai eu tout à l'heure un coup de téléphone. Je m'apprêtais pour aller à la réception au palais Balbo. J'ai cru préférable que ce fût moi...

— Merci, fit-elle d'une voix qu'elle voulait méprisante, mais sans parvenir à contrôler la montée suffocante des larmes.

— Eh bien, ma chère, moi qui croyais que vous ne lui pardonniez pas sa rétractation...

— Ils lui auront extorqué cette lettre, s'écriat-elle avec violence. Un moment de défaillance, la faiblesse d'un homme qui meurt... Mais ne voyez-vous pas que tout est effacé, expliqué, payé? Allez plutôt au palais Balbo vous faire un succès en insultant nos martyrs!

— Finissons-en, fit-il âprement, mis hors de lui à la fois par ce langage tout fait et par cette douleur authentique. Ne t'obstine pas. Ne refais pas un héros de ce malheureux homme. Tu admets toi-même que vous n'avez jamais été rien l'un pour l'autre... Te voilà seule... Jour et nuit... Dis-toi bien qu'il n'y a pas une minute de notre vie commune que je ne regrette, même les querelles, même les scènes... Tu ne vas pas continuer à t'enterrer parmi ces larves?... Ah, continua-t-il à voix plus basse, emporté par l'envie de la disputer à ce fantôme, laisse les lieux communs, les idées, les partis, les livres... Te souviens-tu de notre première sortie, un dimanche d'automne à Reggiomonte... Tu m'aimais ce jour-là...

— J'étais folle de vous.

— C'est la même chose.

Il se pencha vers elle, emprisonna entre ses mains

ce visage connu, le souleva, l'attira pour l'embrasser, moins entraîné par un soudain désir que décidé à faire plier cette femme intraitable. Elle se leva, repoussant brusquement la chaise qui tomba, détachant le fil de la lampe. Moins en garde contre lui que contre son propre corps consentant malgré elle, battant comme un cœur, elle s'éloigna, s'adossant au mur dans sa mince robe de toile noire, sans se pencher pour reprendre le châle glissé à terre.

— Reste où tu es, dit-elle d'une voix dure.

— Tu as eu peur? Peur de toi? dit-il.

— Je t'aime encore, fit-elle. C'est honteux, mais je t'aime encore. Et tu le sais bien. Mais tout est fini.

Leur aveu réciproque les laissait gênés l'un devant l'autre. Elle redressa la chaise, tâtonna vainement pour rallumer la lampe. Il s'approcha du lit surmonté par une image pieuse clouée sans doute au mur par d'anciens locataires et devant laquelle une veilleuse allumée, inattendue à cette place et dans cette chambre, étoilait paradoxalement la nuit.

— Tu couches ici?

Elle fit signe que oui. Penché sur le lit, il passa doucement la main le long de la couverture comme s'il suivait les contours d'un corps. Marcella tremblait sous cette caresse qui effleurait un souvenir. Soudain, les doigts du médecin heurtèrent un objet métallique caché sous l'oreiller. Elle se précipita pour le lui arracher des mains.

— Tiens, dit-il. C'est celui qui disparut de mon bureau à Reggiomonte... Chargé?

— En tout cas, pas à votre intention, fit-elle.

— Par précaution? Cela ne vous ressemble pas.

Elle se taisait. Il remarqua qu'elle avait blêmi jusqu'aux lèvres.

— Et comme je crois me souvenir qu'autrefois, convaincue sans doute qu'il faut servir le Parti jusqu'au bout, vous condamniez pompeusement le suicide...

— Je ne le condamne plus, dit-elle. Trop de gens y sont acculés. Mais il est vrai qu'il y a de meilleurs moyens de mourir.

— Alors?

Elle fit la seule chose qu'il n'attendait pas : elle regarda l'heure. Tout à coup, avec une espèce de sourde épouvante, il se rappela d'une brochure dans laquelle le vieil Ardeati avait défendu le droit à l'attentat politique chez les opprimés. Incertain, ou plutôt sûr d'avance, il hésitait à interroger cette Méduse, de peur de changer en intention ce qui n'était peut-être qu'une velléité. Il risqua seulement :

— Pour?

— Oui, dit-elle. Ce soir, pendant le discours. Au balcon du palais Balbo.

Il esquissa un geste pour lui reprendre l'arme qu'elle mit sous clef dans le tiroir de la table. Presque aussitôt, il renonça.

« Elle me tend un piège, pensa-t-il. Je ne suis pas dupe. Si c'était vrai, elle ne le dirait pas. »

— C'est idiot, fit-il.

— Je sais que vous ne ferez rien pour contrecarrer mes plans, reprit-elle. Avouez-le : la destruction vous fascine. Trop curieux de l'âme humaine, comme vous dites, pour n'avoir pas envie de voir si j'irais ou non jusqu'au bout. Et puis, il serait ridicule de téléphoner à la police que votre femme, dans une heure, va tenter d'abattre Jules César.

— César ne m'a pas chargé de veiller sur sa vie, dit-il. Vous savez tirer ?

— Vous ne vous rappelez plus ?

Tous deux sourirent.

— Un milicien vous saisira le bras ; le coup fera long feu ou ira tuer dans la foule un badaud quelconque. Demain, les journaux vanteront Son intrépidité devant le danger. On redoublera de rigueur contre quelques pauvres hères qui feront les frais de ce beau geste. On expulsera quelques étrangers... Est-ce ce que vous voulez ? Tenez-vous tellement à finir tuée à bout portant par un garde ou assommée, rouée de coups au poste de police ?

— Quel ennui pour vous ! fit-elle. Après tout, je porte officiellement votre nom.

« Elle est folle, pensa-t-il. Elle est folle, et en ce moment, elle me hait. Ne pas la pousser à bout. En effet, mon nom... »

— Crois-tu que Carlo Stevo t'aurait approuvée ?

— Oui.

Elle réfléchit ensuite un instant et ajouta :

— Peu importe.

Il comprit alors qu'on ne la persuaderait pas plus qu'on ne persuade un objet, un outil, une arme. « La comparaison ne vaut rien, se dit-il. Elle n'est pas un instrument : l'idée vient d'elle. »

— De quand date ton projet ?

— Il me semble parfois que je l'ai toujours eu, dit-elle.

« Gagner du temps. Une pareille tension ne dure pas.. Elle s'effondrera dans quelques heures... A moins que... Rester avec elle... La retenir de force... Non. » Une terrible tentation le saisit, d'autant plus forte que le régime n'était pour lui qu'un fait dont on s'accommode, mais qu'on ne révère pas. Se pourrait-il vraiment qu'il se passe ce soir QUELQUE CHOSE ? Est-elle vraiment CELA ? Attendre, en retenant son souffle, que la bille tombe dans la case noire ou dans la case rouge.

— Tu sais ce qui me gêne ? dit-elle en se rasseyant devant la table avec un dédaigneux tutoiement. Ce revolver volé... Si je le tue, je te dois sa mort.

Elle poussa vers lui quelques pièces de monnaie et deux ou trois billets de banque tirés pêle-mêle d'une enveloppe.

— Paie-toi, fit-elle en riant. Rendre à César...

« Jouons le jeu », pensa-t-il en ramassant une pièce blanche.

— Si vous y tenez, Marcella, dit-il avec une douceur conciliante, professionnelle, dosée comme un calmant, j'accepte ceci, comme ceux qui craignent de porter malheur à quelqu'un parce qu'ils lui ont donné un couteau... C'est tout ce qui te reste ?

— C'est plus qu'il n'en faut, dit-elle.

— Promets-moi quelque chose, fit-il pour conclure. Je n'essaie pas de te dissuader : tout serait à recommencer demain, après-demain, ou dans huit jours. Vas-y si tu veux. Fais cette promenade ; va jusqu'au palais Balbo (si toutefois tu réussis à trouver passage dans la foule), expérimente avec ta résolution ou avec tes forces. Moi aussi, j'ai mes idées sur la liberté... Mais si l'occasion, ou le courage, ou la foi te manque (crois-moi, il n'y a pas de foi pour laquelle il vaille la peine de tuer, encore bien moins de mourir), dis-toi que quelqu'un sera là, dans ces salles si laides, de l'autre côté du balcon éclairé, parmi la cohue et les valets offrant des verres, trop heureux d'*applaudir à ce que tu ne feras pas.* J'y vais de mon côté... Après le discours, si rien n'a lieu, je serai debout à l'entrée du Corso, sur le trottoir de gauche, devant le Cinéma Mondo.

— Prêt à me reconduire ? dit-elle avec un éclat de rire coupant.

— Oui, fit-il. Durant toute la vie.

Ils se rapprochèrent du seuil. En passant devant la porte de la chambre où elle avait fait entrer

Massimo, il en essaya distraitement la poignée. « Si quelqu'un est là, ce ne peut être que ce garçon, pensa-t-il. Et dans ce cas, qu'importe ? »

— Souviens-toi que tu condamnais le suicide, dit-il d'une voix malgré lui plus basse. C'en est un. Tu n'as pas une chance.

— Ma vie ne vaut pas plus, fit-elle simplement.

Alors seulement il s'aperçut qu'il ne connaissait pas cette Marcella qu'il croyait connaître, que ce projet comptait pour elle davantage que leurs amours et leurs querelles, et que cette intrépidité mettant la vie à si bas prix provenait d'un désespoir de partisan et non d'une détresse de femme. « La mort de Carlo n'y est presque pour rien non plus », songea-t-il. Et de nouveau, il se sentit soulevé par une curiosité passionnée qu'il n'aurait pas eue, s'il ne l'avait pas tant aimée.

— On m'offre une position en Angleterre, dit-il, se forçant à une nouvelle tentative. Si peut-être...

— Non, fit-elle, en se serrant à demi involontairement contre lui dans l'étroit corridor. Je te demande seulement de ne pas me trahir.

— Tu me prends pour ton étudiant russe, dit-il en élevant la voix.

Il reprit son chapeau. Elle allait répondre, mais déjà ils n'étaient plus seuls. Des gens montaient l'escalier ; la porte qu'il venait d'entrebâiller laissait passer jusqu'à eux leurs bavardages et leurs rires. Il dit très haut :

— Ce soir, dix heures et demie, en face du Cinéma Mondo.

Elle ferma la porte. Sitôt dehors, il redevint incrédule. « Du mauvais théâtre », pensa-t-il. Elle pensa : « Je ne le reverrai jamais plus. »

Elle hésita un moment avant de rallumer la lampe. « Que je suis fatiguée, songea-t-elle. Comme le temps traîne... Encore une heure, deux heures plutôt, surtout si... » Elle économisait ses gestes, et presque ses pensées, avec des précautions d'avare. Délibérément, elle prit le peigne sur la tablette au-dessus de l'évier, se lissa les cheveux, constata avec plaisir la sûreté de ses mains. « Alessandro », dit-elle à haute voix, répétant machinalement, par vieille habitude, ces syllabes qui déjà appartenaient au passé. Elle trouva l'éponge, la pressa tout humide sur son visage; puis, dégrafant le haut de sa robe, elle rafraîchit sa nuque, sa gorge, ses aisselles, insistant comme si l'eau froide purifiait aussi son sang et son cœur. « Je ferais mieux de me changer, pensa-t-elle. Cette bretelle rompue... » Mais sa fatigue ne l'empêchait pas de prêter l'oreille au silence et aux bruits imperceptibles de la pièce voisine. « Qu'est-ce qu'Alessandro s'imagine? Que.. Se peut-il que le petit soit resté là?... Impossible. » Mais une honte brûlante l'envahit, comme si au lieu de parler avec Alessandro, elle avait fait avec lui l'amour. Elle heurta légèrement à la cloison :

— Tu es là ?

— Oui.

— Attends, dit-elle après réflexion. Je te rejoins.

« Aux écoutes ?... C'est répugnant, s'efforçait-elle de penser, il est des leurs. Les informations d'Alessandro sont toujours exactes. Ou plutôt non, rectifia-t-elle, il a été des leurs. » Elle fit de son mieux pour éprouver l'écœurement qui était de mise, comme un malade remue un membre engourdi sans parvenir à y éveiller une sensation. « Et puis après ?... » La présence de Massimo meublait le vide dans lequel un instant plus tôt elle s'était sentie flotter. « C'est comme cette intimité avec Carlo, je me doutais bien... J'aurais dû m'indigner, je suppose. Non... Délestée... Après tout, pensa-t-elle en poussant la porte, j'ai bien le droit de passer ma dernière heure avec qui je veux. »

La pièce où elle venait d'entrer était complètement noire. Tout au fond, pourtant, une fenêtre sans rideaux découpait un carré de lumière blanche provenant du réverbère et des vitrines de la rue, et brutalement mêlé à un début de clair de lune. Le lit était situé dans la zone sombre. Massimo était couché à même le matelas imprégné de naphtaline; cette odeur banalement funèbre, évoquant les rangements qui suivent un départ, mettait dans cette chambre dénudée une allusion à Carlo. Massimo se souleva sur les coudes, comme une statue d'Hermaphrodite qui s'efforcerait de quitter son socle, et doucement :

— J'ai tout entendu, fit-il.

— Tu nous épiais? demanda-t-elle avec tristesse.

— Oui... Non... Mettons que je n'aie pas voulu partir sans te revoir.

Une sorte de plainte lui répondit.

— Ne pleure pas... Est-ce que je pleure, moi?... Et ne rougis pas non plus. D'abord, il fait nuit... Tu l'aimes, continua-t-il à voix basse, mais si ému qu'il paraissait crier. Tu aimes *cet homme d'un autre monde?* Malgré toi... Tu as donné pour rien ton secret à cet insolent imbécile, si sûr de n'être pas fou comme nous le sommes, si certain de voir le monde comme il est... Oh, n'aie pas peur : il n'y croit pas. Il a tremblé un moment, mais il n'y croit pas...

— Depuis que je lui en ai parlé, j'y crois un peu moins moi-même, interrompit-elle.

— Mais j'y ai cru, moi, ma Judith, j'y crois depuis que j'ai compris certaines questions maladroites sur la portée d'une arme à feu, et certains silences, et cet air de croire que tu pourrais aujourd'hui, à toi seule... Tu ne m'as rien appris... Et tu l'avais devinée, n'est-ce pas, cette espèce de salissure au fond de mon passé? Mon passé, quelle expression ridicule quand on n'a pas vingt-deux ans... On ne ramasse pas un chien dans la rue sans savoir qu'il porte sur soi de la vermine.

— Est-ce que je t'accuse? Tout aurait marché de la même façon sans toi.

Elle s'était assise. Tout proches, mais à peine visibles l'un pour l'autre, ils dialoguaient avec la nuit.

— C'est dur, n'est-ce pas, dit-il pensivement tout à coup, la mort de quelqu'un?

— C'est encore plus dur qu'il ait flanché avant de mourir, fit-elle. Mais au point où j'en suis, peu importe.

— La haine, reprit-il de sa voix chantonnante. Ta haine... Quand un homme et une femme s'insultent comme vous le faisiez tout à l'heure, on comprend qu'ils s'aiment... Et tu l'as entendue, cette femme pleine de haine qui aimait Carlo? Ta haine... Oh, je sais, ce ne sont pas les raisons qui te manquent : ton père (c'est drôle qu'on ne puisse parler de venger son père mort sans avoir l'air de jouer un vieux mélodrame), et Carlo, et l'autre qui se fit un jour supprimer sur les bords du Tibre (tu sais qui je veux dire) et qui lui non plus n'est pas vengé. Et quand ce ne serait que pour en finir avec ces inscriptions barbouillées sur les murs, hautes comme le mensonge, faire taire cette voix qui distribue à la foule une pâtée grossière... Mais c'est faux... Tu veux tuer César, mais surtout Alessandro, et moi, et toi-même... Faire place nette... Sortir du cauche- mar... Tirer comme au théâtre pour que dans la fumée le décor s'écroule... En finir avec ces gens qui n'existent pas...

— C'est bien plus simple, dit la voix lasse. Quand j'étais infirmière à Bologne, c'était toujours moi qui faisais les sales ouvrages dont ne voulait personne. Il faut bien que ce que les gens n'ont pas le courage de faire soit fait par quelqu'un.

— ... qui n'existent pas. Est-ce qu'il existe, Lui, ce tambour creux sur lequel battent les peurs d'une classe et la vanité d'un peuple? Est-ce que tu existes?... Tu vas tuer pour essayer d'exister... Et Carlo, qui a lutté, puis fléchi, demandé grâce, puis fait sans doute ce qu'il fallait pour n'avoir plus besoin d'aucune grâce, est-ce qu'il existait? Nous sommes tous des morceaux d'étoffe déchirée, des loques déteintes, des mélanges de compromis... Le disciple bien-aimé n'est pas celui qui dort dans les tableaux sur l'épaule du Maître, mais celui qui s'est pendu avec en poche trente pièces d'argent... Ou plutôt non : ils n'en font qu'un : c'était le même homme... Comme ces personnes qui en rêve sont toutes quelqu'un d'autre... On rêve qu'on tue, ou qu'on est tué; on tire, et c'est sur soi-même. Le bruit de la détonation te réveille : c'est ça, la mort. Nous réveiller, c'est sa façon de nous atteindre... Est-ce que tu te réveilleras, dans une heure? Comprendras-tu qu'on ne peut pas tuer, qu'on ne peut pas mourir?

— Mais comment, fit-elle en étouffant un bâillement. A supposer que je le rate, ils ne me manqueront pas.

Elle l'entendit remuer fiévreusement sur le lit.

— Et tu prends ton couteau, Charlotte, et tu montes dans la diligence pour Paris, et tu frappes un grand coup, comme un boucher, en plein cœur. Ah, tuer, mettre au monde, vous vous y entendez, vous, les femmes : toutes les opérations sanglantes... Et ton sacrifice ne sauve personne, au contraire. Tuer, c'est seulement ton moyen de mourir... Jadis — et sa voix s'arrêtait, puis repartait, rapide comme dans le délire ou sous l'effet d'une drogue — jadis, des révoltées allaient dans les temples briser les faux dieux, crachaient dessus pour être plus sûres de mourir... Et l'ordre public était défendu, comme tu penses bien : on les supprimait, et puis on bâtissait sur leurs tombes des églises qui ressemblent à des temples... Cet homme, ce faux dieu, tu ne le tueras pas. Bien plus, s'il meurt, il triomphe : sa mort, c'est l'apothéose de César... Mais tu t'en moques... Tu n'as que ce moyen de crier non quand tous disent oui... Ah, je t'aime, s'écria-t-il subitement, moi qui n'aurais jamais assez de courage, ou de foi, ou d'espérance pour faire ce que tu fais, je t'aime... Némésis, ma sainte, ma déesse, haine qui est notre amour, vengeance qui est tout ce que nous avons de justice, laisse-moi baiser tes mains qui ne vont pas trembler...

Il se pencha, avançant les lèvres, ivre d'une émotion à la fois sincère et volontairement poussée à bout, où il entrait du visionnaire et de l'acteur. Elle retira ses mains, par pudeur ou par dédain, d'un mouvement qui pourtant lui frôlait doucement le visage.

— Ne divague pas pour me faire oublier ce à quoi je pense, dit-elle. La lettre?

— Eh bien?

— Ils te l'ont montrée. Donc tu es encore en rapport avec eux.

— Carlo le savait... Crois-tu qu'on échappe si vite à un engrenage?... Je vous ai protégés tous deux plus que vous ne pensez.

— Toi aussi! dit-elle avec un rire bref.

Un mince rayon de lune avançait dans la chambre, interrompu souvent par ce qui devait être le passage de nuages au ciel. Il vit Marcella bouger, lever le bras.

— Qu'est-ce que tu fais?

— Je regarde l'heure. Ne pas y aller trop tôt, attendre sur place, se faire remarquer. J'ai encore le temps.

Et, se laissant aller en arrière, elle appuya la tête sur un coin de l'oreiller.

— Tu voudrais dormir? Tu veux que je te réveille?

— Non, dit-elle. Je n'ai pas confiance en toi à ce point-là.

Une minute passa, qui leur parut à tous deux l'équivalent d'un long silence. Puis, posant enfin la question qui depuis son entrée lui brûlait les lèvres :

— La mort de Carlo, dit-elle. Tu savais ?

— Non, fit-il à voix basse. Je la prévoyais, mais je n'en savais pas plus que toi.

— Crois-tu qu'ils l'ont tué ?

— Qui sait ? fit-il d'une voix étouffée. Assez... N'y reviens pas.

— Tu vois que j'ai raison d'y aller ce soir, dit-elle.

— Non, fit-il lentement, après réflexion. Tout de même, non... Je voudrais que tu vives.

Ils se prirent la main.

— Sais-tu à quoi je pense, dit-elle presque gaiement, parlant intentionnellement d'autre chose. A vos inventions compliquées... Au faux que vous fabriquez avec un peu de vrai... Alessandro... Toi... Et Carlo lui-même imaginait... Mon père, par exemple. Oui, mais je n'étais pas cette fille héroïque qu'Alessandro se figure... Et Sandro... Oui, je l'ai aimé, je l'ai regretté, j'ai lutté contre ce regret. Mais l'amour des sens n'est peut-être pas si important qu'on croit...

— N'est-ce pas ? dit-il avidement.

« Je mens, pensa-t-elle. Même si près de la mort, je mens. Et rien n'est si simple, puisqu'en même temps que Sandro... Dire qu'il m'est souvent arrivé de ne pas oser le regarder en face... Que fait-il avec cette fille qui se fait soigner ? Être caressée par ses doigts, me remonter un peu sur l'oreiller jusqu'à ce que sa tête touche mon sein... Tant pis, cela ne sera pas. »

— Pour rien, reprit-il avec amertume. Tu y vas pour rien. Ils fausseront tout, ils tourneront tout à leur profit, même ta tentative de vengeance. On dira demain : une folle, une forcenée, la femme d'un certain éminent docteur S., qui... Un peu plus de boue jetée sur Carlo... Et de moi, ils s'en serviront aussi pour te salir.

— Est-ce ma faute? dit-elle en retirant sa main.

Ils ne se parlaient plus qu'à de longs intervalles, indolemment, comme des voyageurs couchés sur les banquettes de la salle d'attente, qui tuent le temps en attendant l'arrivée du train.

— Un enfant, murmura-t-il comme à contrecœur. Un enfant qui a connu la faim, la guerre, la fuite, l'arrêt aux frontières... Un enfant qui a tout vu, mais n'a pas souffert. Pour un enfant, c'est un jeu... Un étudiant qui manque ses cours, qui accepte çà et là l'argent qu'on lui offre... Qui continue à jouer avec la vie et la mort... Un garçon qu'on a habitué à tout. « Comme ceux qui n'ont pas d'espérance... » Du jour où je vous ai connus, j'ai compris. Tu changeras peut-être le monde puisque tu m'as changé.

— Non, dit-elle, je ne t'ai pas changé. Tu es comme tu es.

Un peu haletant, il se redressa. Dans le faux jour lunaire, ses cheveux et sa face semblaient faits d'une même matière délicate et pâle. Marcella tourna vers lui son visage baigné aussi d'une blancheur de marbre.

— Écoute, dit-elle en lui posant fraternellement la main sur l'épaule. Tout à l'heure, près d'Alessandro, j'ai un instant tout oublié. Tout : Carlo, et l'acte de ce soir. A plusieurs reprises... Oh! rien qu'un instant, mais tout de même... Je ne suis ni plus propre, ni plus pure que toi.

— Sais-tu, reprit-il à voix basse, il m'arrive de penser que c'est nous, nous qui ne sommes pas purs, nous qui avons été humiliés, dépouillés, salis, nous qui sans jamais rien avoir avons tout perdu, nous qui n'avons ni pays, ni parti (non! non! ne proteste pas), qui pourrions être ceux par lesquels le règne arrive... Nous qu'on ne corrompra plus, qu'on ne peut pas tromper... Commencer tout de suite... à nous seuls... Un monde si différent qu'il ferait de lui-même crouler tous les autres, un monde sans revendications, sans brutalité, surtout sans mensonges... Mais ce serait un monde où l'on ne tuerait pas

— Tu es comme un enfant, dit-elle doucement sans prétendre l'avoir écouté ou entendu. Si je te fais confiance, c'est parce que tu as l'air d'un enfant.

Elle s'étira comme une femme qui se réveille :

— Du temps où je vivais avec Alessandro, fit-elle sur un ton de confidence, je désirais un enfant. Un enfant de Sandro... Tu te rends compte : élevé

dans un faisceau pour louveteaux... Dieu merci...
Il y a mieux à faire pour mettre au monde l'avenir.

— L'avenir, s'écria-t-il d'une voix irritée, brusquement chargée d'ironie, vous m'avez assez exaspéré, Carlo et toi, avec vos générations futures, votre société future, votre avenir, votre bel avenir... Votre pauvre refuge de persécutés... Tu les regarderas tout à l'heure en marchant, n'est-ce pas, les gens dans la rue, et tu te demanderas si c'est sur eux qu'on fonde un avenir... Il n'y a pas d'avenir... Il n'y a qu'un homme que tu veux tuer, et qui, même mort, se relèvera comme au jeu de massacre, et qui croit en frappant du poing pétrir l'avenir... Et tu les entends lui répondre aux quatre coins de l'Europe, ces voix qui hurlent à la haine et qui nous annoncent notre avenir. Et Carlo, mort déshonoré, ayant peut-être cessé de croire en l'avenir, et toi, avec ton quart d'heure d'avenir... Ou plutôt non, je me trompe, continua-t-il d'un ton différent, pratique, en se penchant pour lire l'heure à son poignet tourné vers le maigre jour nocturne. Dix heures moins vingt... Tu n'arriveras jamais à te faufiler aux premiers rangs... Il me semble qu'il est à remettre à demain, ton acte qui changera l'avenir.

— Tu te crois bien fin, dit-elle. Crois-tu que j'aurais confié à Alessandro l'heure exacte, l'emplacement exact ? J'irai attendre à la sortie, sur la petite place... Il y a un recoin avec une statue.

— Double jeu, toi aussi, dit-il tendrement.

Elle s'était levée pourtant, comme prise malgré elle d'une hâte soudaine de partir.

— Mais dans ce cas, dit-il en se levant à son tour, tu as encore devant toi une heure d'insomnie. Recouche-toi. Tu es fatiguée, continua-t-il avec compassion.

— N'insiste pas, dit-elle. Tu as fait de ton mieux pour faire tout manquer. Tu sais qu'on ne dispose que d'une certaine provision de forces, et que j'ai presque épuisé les miennes. Mais est-ce que tu ne sens pas que toute ma vie, et même notre intimité ce soir, devient grotesque si je ne le fais pas ? On dirait que tu m'envies mon courage.

— Tu n'aurais pas celui de ne pas le faire. Veux-tu que j'y aille à ta place ?

— Mon pauvre petit !

Excédé, il tâta la muraille pour trouver l'interrupteur, chercha à faire jaillir la lumière, à rendre aux choses cette banale apparence incompatible avec l'héroïsme et le danger. Elle l'en empêcha.

— Il y a pourtant une autre chose que j'aimerais savoir avant d'aller là-bas. Carlo ne m'a jamais rien dit sur ton compte. C'est... C'est une espèce de trahison.

— Ah ! dit-il légèrement, ces jalousies de disciples... Est-ce que je sais ? Laisse de côté ces vieilles histoires. Puisque tu ne veux pas que je rallume, ajouta-t-il, donne une cigarette. Tu sais où elles sont.

Elle alla les chercher dans la pièce voisine et

les lui remit. A la faible lueur du briquet, le visage de Marcella reparut un instant, non plus marmoréen, mais humain : un visage de femme.

— A mon tour de poser une question, fit-il. Tout à l'heure, cette folle... Ce n'était pas ton mari qu'elle te reprochait.

Le visage rosit subitement ; il referma le couvercle du briquet qu'il n'avait pas encore éteint, rétablit la nuit.

— Tu sais mieux que personne qu'elle mentait, dit-elle.

— Qui te prouve que je ne l'ai pas regretté ?

— Si tu l'avais fait exprès pour m'envoyer là-bas, fit-elle, tu n'aurais pas mieux réussi.

Elle passa de nouveau dans la cuisine. Il l'entendit allumer, ouvrir et fermer un tiroir, éteindre. Quand elle revint, elle était encapuchonnée d'un châle. Ils décidèrent de sortir du côté de la Via Fosca. Ils traversèrent ensemble la boutique. Soudain, reprenant un argument dont Alessandro s'était déjà servi avant lui :

— Carlo n'aurait pas approuvé un crime.

— Quel crime ? fit-elle, cherchant à comprendre. — Puis, violemment : — Tais-toi ! Qu'est-ce que tu en sais ?

« C'est juste, pensa-t-il avec une froide colère. Elle l'a connu plus que moi. »

Précautionneusement, ils rouvrirent le volet de bois, jetèrent un coup d'œil dans la rue déserte s'étendant devant eux, rivière de nuit contenue par les digues des maisons, où çà et là de vagues réverbères tremblaient comme le fanal d'une barque. Cette vieille rue, envahie le jour par la vie populaire, redevenait la nuit une rue noble. Quelque part pourtant, par une fenêtre ouverte, une radio laissait échapper le pleurnichement incongru d'une chanson en vogue. Quelques gouttes de pluie tombaient. Marcella s'arrêta, transie malgré la tiédeur de l'air, traversée d'un frisson comme un nageur au moment de plonger. « Comme je suis seule », pensa-t-elle. Et, la main sur la poignée de la porte, se retournant vers son douteux compagnon :

— Quand je suis entrée tout à l'heure, tu n'as pas craint... que je commence par toi?

— Pas trop, dit-il. Au point où tu en es, on ne gaspille pas ses balles sur un gibier sans importance.

Elle referma la porte. Les franges de son châle se prirent dans un interstice du volet; elle tiraillala maladroitement, étouffant un blasphème. Il l'aida à se dégager. Tout à coup :

— Dis-moi adieu, murmura-t-elle.

Et, brusquement, elle l'embrassa.

« J'embrasse une morte », pensa-t-il.

Ce baiser presque filial pour lui, presque incestueux pour elle, ne les unit qu'un instant dans une communion désolée. Aussitôt, leurs bras se déprirent. Amèrement, l'agonisante se rappela une fois de plus qu'elle était de dix ans son aînée. Pendant quelques minutes encore, la Phèdre prolétarienne au beau visage tragique et le Phèdre platonicien des restaurants de Vienne marchèrent en se tenant amicalement par la main. Enfin, se réveillant d'un rêve :

— Il ne faut pas qu'on nous voie ensemble, dit-elle. Où vas-tu?

Une seconde, il hésita. Elle espéra qu'il proposerait de la suivre et qu'elle aurait à l'en empêcher. Mais au contraire :

— Nulle part, comme d'habitude.

Ils se séparèrent. Il la suivit pourtant, mais de très loin, sans qu'elle pût l'apercevoir, certain qu'elle allait accomplir son acte, mais certain seulement de cette certitude démentielle qu'on a dans les songes. Elle marchait rapidement, le distançant de plus en plus, avançant à longs pas silencieux, comme si elle adoptait déjà sa démarche d'ombre. Elle déboucha sur une grande artère; les passants se multipliaient, spectres vains, bulles sans consistance, fétus de paille humaine aspirés par l'appel d'air d'une énorme voix. Le fleuve infernal s'élargissait, s'incurvait le long des façades noires en d'imprévus méandres, roulait dans ses flots d'inertes noyés qui se croyaient des vivants. Elle marchait, comme une Grecque dans Hadès, comme une chrétienne dans Dité, lourde d'un faix aussi vieux que l'Histoire, croisant peut-être, à tel ou tel coin de rue, d'autres rôdeurs, isolés par leurs convictions et leur haine, rêvant de faire ou de voir faire un jour ce qu'elle tentait ce soir-là, mais qui n'étaient néanmoins pour elle que des promeneurs banals, comme elle n'était pour eux qu'une médiocre passante. Car les dieux justiciers s'ignorent réciproquement sous leur travesti de chair. Une rafale de pluie tomba, lui collant au corps sa pauvre robe d'été; elle se rappela avec une inquiétude maternelle que Massimo n'était que légèrement vêtu. Enfin, l'image du jeune homme s'écoula de sa mémoire; plus seule que jamais, elle continua d'avancer, fendant de plus en plus vite la nuit, aveugle et sourde à l'orage sous lequel déjà refluait la foule. Elle se souvint de son père, puis de Carlo, aussi froidement que s'il s'agissait de morts tous deux depuis longtemps mis en terre; au moment où sa foi se transformait en acte, il devenait inutile de s'encombrer de ces fidélités. Les abords du Cinéma Mondo étaient déserts; Alessandro ne l'attendait pas encore, ou plutôt sans doute ne pensait même plus à l'attendre. Sa maison n'était pas loin; il était là peut-être; il ne tenait qu'à elle de monter l'escalier, de se faire ouvrir la porte, de rentrer dans cette chambre dont le lit connaissait son corps et le miroir sa forme. Au lieu de la heurter en pleine poitrine, cette image d'un désir déjà renoncé dévia, passa au large, sombra dans l'oubli. Délestée de sa chair, elle n'était plus rien qu'une force. L'imminence de son acte repoussait dans l'ombre les motifs qui l'y avaient portée, ou ceux qui pouvaient peut-être l'en détourner encore : fatal, devenu inévitable, il pouvait se permettre d'être absurde comme les choses.

De nouvelles trombes de pluie remuèrent les ténèbres; les illuminations officielles tremblotaient derrière le rideau de l'averse; des drapeaux à des balcons claquaient comme par un grain les voiles des barques. Les torrents de pluie noyaient pêle-mêle place Balbo les derniers échos du discours, les applaudissements, et le silence qui toujours succède aux cris. D'un regard, Marcella debout à l'angle du Corso embrassa la façade pavoisée, la loggia d'où la foule, chassée maintenant par l'émeute du ciel, venait d'être haranguée par son dieu, la place où des automobiles aux phares embrumés par la vapeur d'eau essayaient de se frayer un passage parmi les piétons éclaboussés. Elle vira à droite, tourna le coin de la rue, longea la petite place de Saint-Jean-Martyr. L'échine courbée, la grande chatte nocturne se glissa vers le portail d'église qui abutait l'angle du palais, sauta sur un piédestal, se colla au dos d'une statue, dans l'étroit interstice où la nuit faisait la soudure entre la muraille et le marbre. De là, elle dominait de quelques coudées la porte devant laquelle attendait un petit groupe de chauffeurs et de policiers aveuglés par la pluie d'orage. Le mauvais temps la favorisait, désagrégeait les services d'ordre. La pluie, sans la toucher, rebondissait autour d'elle; fatiguée, craignant seulement de tirer trop tôt ou trop tard, elle cherchait machinalement le nom de l'armurier qui l'avait aidée à graisser son arme. La porte enfin s'ouvrit brusquement; un moteur lutta contre les détonations de l'orage; au milieu d'une petite escorte de dignitaires prenant congé avec des saluts et des sourires, elle reconnut sans peine celui qu'elle avait élu pour cible. Mais l'instant qu'elle vivait différait de ce qu'il avait été quand il était encore l'avenir. Au lieu d'un maître en uniforme, le menton levé, face au peuple, fascinant la foule, elle n'avait sous les yeux qu'un homme en habit de soirée baissant la tête pour regagner son automobile. Elle s'agrippa à l'idée de meurtre comme un naufragé au seul point fixe de son univers qui sombre, leva le bras, tira, et manqua son coup.

L'ouvreuse, son œil rouge à la main, éclaira le plancher de la loge. Angiola ôta ses longs gants de peau qui pendirent à ses côtés comme deux mains mortes, laissa glisser son manteau sur le dossier de sa chaise, et s'accouda pour regarder Angiola Fidès.

Elle s'était échappée seule, sitôt après le dîner, des salons du César-Palace. Heureusement, Sir Junius Stein, plein de respect pour ses prédécesseurs dans l'exploitation du monde, venait de consacrer au passé les premières heures de son séjour à Rome : les pieds brûlants, étourdi par le boniment du guide au point de confondre Jules César et Jules II, il s'était traîné dans les musées comme à travers le hall d'une interminable gare de marbre d'où l'on partirait pour toutes les directions du Temps. De plus, en dépit de son admiration pour le grand homme, l'idée de se promener dans la ville par une nuit de discours officiels et de cérémonies publiques n'était pas pour lui plaire : on ne sait jamais comment finissent ces choses-là. Affalé dans un fauteuil-club, il somnolait maintenant sur les échos financiers de Wall Street ou de la Bourse de Londres, son Capitole et sa Roche Tarpéienne à lui. Les reporters ignoraient encore l'arrivée d'Angiola Fidès : Angiola était donc libre de s'abandonner tout entière, cette nuit, à la femme qui faisait battre son cœur. C'était pour Angiola qu'elle s'était habillée, fardée, qu'elle avait mis ses perles et chargé son cou d'une fourrure inutile; au lieu de rôder à pied dans Rome, comme elle se le proposait tout d'abord, elle avait pris une voiture pour jouir davantage de l'intimité de ce fantôme. Elle s'était fait conduire devant le porche de Sainte-Marie-Mineure où Angiola Fidès venait autrefois prier; elle avait descendu la Via Fosca cherchant la bien-aimée pour lui donner ce collier, ces visons, ces souliers lamés d'or qu'elle ne portait que pour Angiola. Devant les affiches où grimaçait, à chaque coin de rue, la bouche trop rouge d'Angiola Fidès, elle avait espéré retrouver la fillette amassant quelques sous pour le cinéma du soir. Elle s'était aventurée jusque dans la cour du triste immeuble qu'avait habité son idole, mais les pleurs, les éclats de voix, l'odeur de faits divers qui, le soir, s'échappent des garnis, et surtout la peur de rencontrer inopportunément son encombrante sœur aînée l'avait découragée de monter : elle s'était contentée de regarder la vitre où Angiola Fidès appuyait jadis sa tête de gamine dépeignée, rêvant à tout ce qu'elle n'avait pas. Des gouttes de pluie coulèrent sur la nuque d'Angiola, chaudes comme les larmes d'une enfant qui ne se serait pas consolée. Une femme déformée par la graisse se carra sur le seuil, demanda grossièrement à la riche étrangère ce qu'elle venait faire dans cette maison de pauvres. Angiola déconcertée remonta en voiture, jetant au chauffeur l'adresse d'une salle obscure où elle était sûre de retrouver Angiola Fidès. Déjouant les services d'ordre et la cohue qui refluait sous l'orage, le chauffeur s'arrêta dans une rue peu passante, à quelques pas d'un portail brillamment éclairé, orné de têtes de femmes plus grandes et plus délicieuses que nature, aux épaules agressivement nues. Angiola prit un billet à la caissière qui sert d'entremetteuse entre les ombres et nous, et s'assit dans la loge complètement noire, comme dans une chambre où elle eût éteint la lampe pour être plus seule avec quelqu'un..

Le mur de la chambre magique s'écroula : des vents soufflèrent, sans apporter pourtant une bouffée d'air dans la caverne pleine de spectres, car ce n'était eux-mêmes que des fantômes de vents. La salle, comme un tunnel, ouvrit sur l'univers. Le dictateur inaugurait une exposition d'art romain; des juifs, coupables de leur race, franchissaient à la dérobée la frontière du Reich; des canons tonnaient dans le désert mongol. Angiola ferma les yeux, laissant passer ces résidus de gestes à demi digérés par le Temps, qui, durant quelques semaines, s'éparpilleraient encore par le monde, détachés de leurs causes, avant de pourrir comme des feuilles mortes. Elle n'était pas venue voir ces bouts de scène banals réalisés à grands frais par la firme Univers et Dieu. Un clapotis de rire courut sur l'indistincte masse humaine; un pitre venait de tomber, sans atteindre l'objet qu'il croyait saisir, ne faisant en somme que ce qu'on fait toute la vie. Enfin, sa propre voix lui fit retour, comme un écho, répercutée par le mur de toile blanche. Fardé de lumière comme la face éclairée du globe, l'immense visage d'Angiola Fidès tourna lentement sur la nuit, baigné par un doux clair-obscur comme par une buée qui serait née de son souffle, avec ses tempes et son front bordé d'une forêt sombre, le vallonnement des joues sous les pommettes délicatement saillantes, les lacs des yeux, la faille des lèvres ouvrant sur l'abîme intérieur. Comme devant un miroir, elle passa la main sur ses cheveux pour rectifier une mèche déplacée sur le front d'Angiola Fidès, oubliant qu'elle avait changé de coiffure. En un sens, elle n'apercevait qu'une morte. La chambre magique, grossière reproduction de la mémoire humaine, ne pourrait jamais la lui restituer que passée. Mais aussi, en un sens moins stupide que le sens ordinaire, elle avait devant elle une vampire : ce pâle monstre avait bu tout le sang d'Angiola, sans pourtant réussir à s'envelopper de

chair. Elle avait tout sacrifié à ce fantôme doué
d'ubiquité, gratifié par l'appareil de prise de vues
d'une immortalité factice qui n'excluait pas la mort.
Elle avait exploité ses chagrins pour qu'Angiola
Fidès apprît à pleurer, ou pour que le sourire de
cette femme se nuançât de mépris. Adolescente,
elle avait peuplé ses rêves des images de cette Angiola
plus heureuse, plus parfaite que soi-même, mais à
qui, dans l'avenir, elle se flattait de s'identifier, par
une illusion pareille à celle des amants qui croient
pouvoir s'unir à l'objet de leur amour. En mourant,
elle tâcherait d'imiter une des morts d'Angiola
Fidès. Enfin, c'était une rivale. Rien, ou presque
rien, ne lui revenait des désirs soulevés dans l'ombre
vers cette femme vraiment fatale qui ne pouvait
vivre au soleil. Grand narcisse féminin au bord des
ondes lumineuses, elle se cherchait vainement dans
le reflet d'Angiola Fidès.

Elle chanta : l'énorme bouche s'ouvrit comme
celle des masques antiques d'où sourd le flot des
tragédies. Un spectateur applaudit, ne pouvant
croire à la surdité de cette face éloquente. Sans le
vouloir, Angiola reprit, à lèvres fermées, la chanson
qu'Angiola Fidès criait à pleine poitrine. Elle sourit,
fascinée une fois de plus par ce monstre d'elle-même :
son sourire ne fut qu'un pâle décalque de l'idole
impalpable. Un trille de flûte jaillit, aigu comme
la langue d'un reptile : elle dansa. Angiola n'était
que le corps de cette ombre gigantesque projetée

sur le mur blanc du monde. Immobile, elle regardait vaguer son âme de muscles, son âme d'os, son âme de chair. Un segment d'épaules, des flancs à demi nus apparaissaient, puis disparaissaient dans le rectangle vide, tour à tour sombrant et soulevés sur l'ombre. Du fond de sa loge, gagnée par ce doux frémissement de vipère amoureuse, Angiola ondula imperceptiblement des reins aux épaules, comme une Ève qui se serait amalgamé son serpent.

C'était une île sous des palmes, au bord d'une Méditerranée qui faisait penser au Pacifique. On reconnaissait le bruit des vagues, mais non pas leur couleur : les effets de soleil s'étaient changés en effets de lune. Algénib, ou plutôt Angiola Fidès, car nul rôle ne déguisait sa personnalité véritable, pas plus que nul vêtement ne l'empêchait d'être nue, cueillait dans le jardin des grenades sans épaisseur; leur jus ne noircirait pas l'acier du couteau de cuisine : c'étaient des grenades pour fantômes. Le père d'Algénib se noyait, laissant sa fille sous la garde d'une Mauresque au cœur tendre. Il se pouvait au contraire que Don Ruggero végétât encore au fond de son Asile, et la terne Rosalia, qui à force d'aimer sa sœur lui avait appris à s'aimer, occupait peut-être toujours trois pièces et une cuisine au dernier étage de l'immeuble de la Via Fosca, mais Angiola n'était pas femme à s'embarrasser d'une famille dérangeant l'image embellie qu'elle présentait de son passé.

Algénib échangeait un baiser avec un officier anglais, dès leur première rencontre sous les hibiscus en fleur. Le premier amant d'Angiola n'était pas anglais et ne portait pas l'uniforme : c'était un tailleur de Palerme qui l'avait invitée à venir voir ses échantillons d'étoffes, et comme l'arrière-boutique n'était pas complètement sombre, Angiola se souvenait d'avoir eu honte, toute nue, parce que ses bas étaient troués. Algénib désespérée par le départ de Lord Southsea se réfugiait aux pieds d'une Madone, dans une chapelle peuplée de religieuses au délicat maquillage. Angiola était entrée de force dans une pension de Florence dont elle détestait les nonnes au teint gris. Ce film capiteux, mais décent, conçu pour satisfaire toutes les censures du monde, ne mentionnait pas les inconnus pour lesquels Algénib adolescente avait sans doute eu les mêmes complaisances qu'Angiola, les jours d'escapade, sur la place d'Addaura ou sous les bosquets de San Miniato, mais Angiola elle-même sous-entendait ce genre de souvenirs. Un peintre français au feutre romantique, rencontré sur le sable par un contre-jour rose, essuyait tendrement les pleurs étincelants et perlés d'Algénib. Près de ce grand artiste plein de délicatesse et d'expérience des femmes, Angiola se serait résignée de bon cœur aux ennuis de la fidélité; par malheur, à l'âge où l'on est encore capable de reconnaissance, le hasard n'avait mis sur son chemin que

Paolo Farina qui l'avait épousée par bêtise, après que le petit marquis de Trapani l'eut plaquée par lâcheté. Algénib abandonnait son protecteur généreux, mais pauvre, pour un radjah aux dents splendides, ennemi juré des Anglais, qui l'associait à ses travaux d'espionnage. Angiola s'était enfuie du domicile conjugal en compagnie d'un ténor aux dents aurifiées. Algénib abattait, d'un coup de revolver, dans un bar de Londres, le chef de l'Intelligence Service. Angiola avait brandi au studio pas mal de brownings et de poignards, mais là où Algénib avait devant elle des infidèles ou des traîtres, Angiola, elle, n'avait aperçu que des acteurs. Algénib, déguisée en bayadère, se prosternait devant l'idole de Shiva, offrait au regard la croupe sinueuse d'Angiola Fidès. Algénib se glissait à pas feutrés dans le bureau d'un commandant anglais, au cours d'une fête à la Résidence, pour s'emparer d'un document secret. Une porte s'ouvrait : le courant d'air du ventilateur éparpillait les papiers d'État. Lord Southsea projetait sur l'ombre son profil grec et le phare de sa lampe de poche. Algénib se retournait, sentant sur son épaule la main de cet inconnu...

Peu après l'arrivée d'Angiola, un homme s'était introduit dans la loge; à la lueur de l'ouvreuse, elle entrevit à peine un plastron blanc et un beau visage un peu usé qui par contraste paraissait gris. Il n'était entré que pour s'abriter de l'orage : inutile de songer à un taxi par un soir pareil, sous la pluie et dans cette foule. La présence d'une spectatrice l'irritait, morcelait sa solitude; il s'assit le plus loin possible, c'est-à-dire encore tout près. Mais ce n'était pas que la pluie qui l'empêchait de rentrer chez soi. Après avoir quitté Marcella, Alessandro s'était immédiatement fait conduire au palais Balbo. Sûr, en dépit de soi-même, que quelque chose allait s'accomplir, il n'avait fait que traverser les salles d'apparat pesamment dorées, encombrées d'uniformes et de toilettes de soir. Posté sur le terre-plein à l'entrée de la place, prêt à défendre une femme sans l'approuver, ou même en la désapprouvant, à peu près comme un sceptique indifférent à tous les dieux eût pu s'associer par amour à une chrétienne exposée aux bêtes, il avait absurdement tâché de reconnaître cette tête dans la foule anonyme; de phrase en phrase, de poing levé en poing levé, sous le ciel de plus en plus lourd, dans l'enthousiasme suant de la foule, il avait tour à tour redouté, espéré, désespéré que claquât brusquement un coup de feu. Le discours plus long que d'habitude avait pris fin sous des vivats mouillés par l'orage. Traversant la chaussée au milieu de la cohue qui fuyait l'averse, il s'obligea à ne pas manquer au rendez-vous offert sous le porche du Cinéma Mondo. Au bout d'un instant, il avait pourtant renoncé à cette station ridicule. Il était peu probable que Marcella viendrait d'elle-même faire constater sa déroute. Elle avait dû rentrer chez elle, se jeter sur son lit pour pleurer ou pour dormir. L'idée lui vint qu'une telle humiliation eût pu ramener une femme à la réalité, à l'amour; il pouvait peut-être s'attendre à la trouver chez lui, devant sa porte, fade comme la défaite, réduite par l'aveu de sa lâcheté à n'être pour lui qu'une amante comme les autres; le dégoût qu'il en éprouva lui fit comprendre qu'il n'aimait en elle que ce courage que somme toute elle n'avait pas.

L'ouvreuse referma la porte, compléta la nuit; une petite lampe rouge brûlant le long d'un mur rappelait à Alessandro la veilleuse suspendue au chevet du lit de Marcella. Pour éteindre cette lampe, il ferma les yeux. Accueillant, pour s'en punir, les incidents qui transformaient sa soirée en un gro-tesque cauchemar, il trouvait bon que la pluie l'eût chassé sous ce porche, puis enfin dans cette salle, où du moins il faisait sombre. Marcella n'avait peut-être inventé son projet que pour le mystifier en se débarrassant de sa présence : il se l'imagina assise sur son lit, près de Massimo, sous la Vierge de Lorette transformée sans doute par le jeune Russe en une espèce d'icône, riant avec lui de sa crédulité; puis repoussa cette image, non parce qu'elle était fausse, mais parce qu'il ne la supportait plus.

Il rouvrit les yeux : des acclamations retentirent comme s'il tonnait dans sa mémoire; ses mains se crispaient devant cette répétition de son cauchemar; le film de sa vie tournait à l'envers : le grand geste des drapeaux passait et repassait sur une façade de pierre; un personnage trapu pêchait des enthousiasmes dans le plancton des foules; Alessandro, à demi soulevé sur son siège, attendit de nouveau à chaque phrase la ponctuation d'un coup de feu, puis se souvint brusquement qu'on ne tire pas les fantômes. Ce n'était pas le présent qu'il venait à peine d'épuiser : c'était une actualité, par conséquent vieille de huit jours. Cette assemblée de fumeurs d'opium, la bouche ouverte comme s'ils suçaient leurs rêves, remâchaient avant de s'endormir les événements de la semaine, comme ces bribes de réalité qui remontent encore le soir sur la frontière des songes. Sous forme de dessins animés, les hallucinations hypnagogiques commencèrent : des personnages saugrenus, moins lourds que l'homme, se poursuivirent et s'engendrèrent comme la peur, l'enthousiasme, l'indignation et l'ironie d'Alessandro au cours de sa piteuse attente. Les hautes eaux du rêve envahirent la salle, entraînant avec elles leurs épaves de souvenirs et leur faune de symboles. Un clown tomba, butant contre le vide, comme Alessandro contre une absente. L'héroïne tuait son ennemi d'un coup de revolver : le sang qui coulait était de l'hémoglobine. Entre ce film et la vie, la seule différence, c'est que les spectateurs, ici, savaient qu'on les trompait. Il n'y avait pas de tyrans, puisqu'il n'y avait pas de révoltés; il n'y avait pas d'êtres, mais des séries de personnages dissociés, au geste arrêté net, que la vitesse soudait les uns aux autres, donnant l'illusion que quelqu'un existait. Il n'y avait pas de morts, mais des ombres d'acteurs. Tout n'était que duperie, plate gesticulation, déclamation creuse sur une surface sonore. Une femme dansait, mensongère, puisque insaisissable : une vaine Vénus naissait de l'ondulation des ondes. A demi nue elle aussi, mais toute proche, tiède, palpable, faiblement éclairée du dedans par le soleil secret du sang, l'épaule vivante d'une jeune femme, cachant en partie l'écran, était le seul rempart qui séparait Alessandro Sarte de tant de fantômes. Imitant sans le vouloir l'audace de l'acteur dont il n'était ainsi que la doublure opaque, il posa la main sur ce délicat rocher de chair, légèrement, d'un geste où il y avait peut-être moins du voluptueux que du naufragé.

L'épaule lavée de nuit tremblait doucement comme un écueil qui paraît suivre le mouvement des vagues. Elle cessa soudain de frémir, comme si, touchée, cette femme se feignait insensible. Raidie, mais consentante, Angiola restait dans son rôle en cédant au désir qu'avait éveillé sa chair d'ombre. Près de cet étranger qui la trompait avec elle-même, elle avait le sentiment d'évincer une rivale. Près de cette anonyme, il se vengeait d'une absente. Cherchant le long de ce corps les points névralgiques du désir, il constatait de nouveau ce qu'ont de médical les gestes de l'amour : l'abandon de cette femme, peu à peu subjuguée par son plaisir, ne différait pas tant du sursaut, du spasme, ou de la docilité d'une patiente. Il repoussa cette idée qui lui gâtait son délice, se concentra, pour mieux le goûter, sur la seule sensation de contact avec ce corps possédé à demi, cette main bougeant imperceptiblement à la façon d'une plante marine. Comme une glace sur un plafond d'alcôve, l'écran renvoyait vers eux l'image trouble d'un couple : le miroir grossissant se bornait à refléter un baiser gigantesque, épanoui comme une fleur, ramassant ainsi, sur l'étroit espace des lèvres et des paupières, l'étreinte des corps humains qu'il suffisait à faire rêver. Un grossissement de plus, et ces visages se décomposeraient en mouvements d'atomes, aussi indifférents à ce baiser que nous pouvons l'être aux amours démesurées des astres. La tête renversée, Angiola ferma ses yeux, où dansaient les étoiles du sang. Algénib reconnaissait Lord Southsea : pourchassés par la police anglaise, les amants traqués arrivaient au bord de la mer. La pirogue sombrait sur un Pacifique qui ressemblait à la Méditerranée; les fugitifs mouraient ensemble. La grande vague de plaisir s'apaisa, retomba, laissant remonter à la surface les deux noyés de la chair. Angiola se serra davantage contre l'homme qui déjà se détachait d'elle; Alessandro s'écarta, ressaisi par une pensée au sortir de son moment d'oubli. Ce scénario stupide exprimait ce qui avait été un instant son absurde, sa secrète envie : lui aussi, tout à l'heure, avait souhaité rejoindre Marcella dans l'orgasme de mourir. L'image des eaux calmées s'étala sur l'écran, bientôt noyée par une onde de nuit. Puis, la lumière jaillit, une lumière jaune, appropriée aux allées et venues des vivants, et il ne vit plus qu'une femme trop fardée, debout devant lui, qui se regardait avant de partir dans sa petite glace de poche.

Avant qu'elle n'eût parlé, ses gestes un peu secs, la coupe de ses vêtements lui firent reconnaître une étrangère, une Américaine peut-être, une de ces voyageuses complaisantes qui traversent l'amour comme elles visitent les villes. Comme toutes les femmes qui tâchent de se faire un visage et une âme à la mode d'Hollywood, elle faisait de son mieux pour ressembler à Angiola Fidès. Mais ses beaux traits banals étaient infiniment moins expressifs que ceux de l'étonnante actrice qui venait d'occuper l'écran. Une Angiola Fidès, capable de mimer si bien la passion, devait pouvoir aussi la ressentir et l'inspirer. Par contre, cette facile passante appartenait au type de femmes dont on n'encombre pas sa vie.

La méprisant, et lui sachant gré de pouvoir en elle mépriser toutes les femmes, il respectait pourtant le plaisir dont elle venait d'être la dispensatrice. L'anglais des films était pour lui, comme pour beaucoup d'hommes de sa génération, l'un des argots secrets de l'amour. Il risqua :

— Thank you, my love. It was wonderful.

— Mon cher, répondit-elle lentement en anglais tout en continuant à se peindre les lèvres, ne croyez pas que je sois comme ça pour tout le monde.

Ce mensonge prévu l'agaça comme une ineptie. Encore une de ces femmes qui prétendent trouver successivement en chaque homme, sinon leur premier amant, du moins leur premier amour.

— Je ne réclame pas d'excuses, dit-il avec irritation.

Elle ravala sa salive, sans parler, d'un petit mouvement de la gorge qui la rendit pathétique. Encore un homme qui s'autoriserait d'une intimité d'un quart d'heure pour se montrer insolent, grossier, ou lourdement tendre. Mieux valait ne pas cultiver la connaissance d'un passant qui tâcherait peut-être de l'engager demain dans une affaire financière douteuse, ou enverrait à Sir Junius des lettres anonymes. Ce n'est que dans les films que les amants peuvent s'adonner sans arrière-pensée à des passions chronométrées pour durer toute la vie, c'est-à-dire jusqu'à la fin du métrage. Cet inconnu quelconque est moins réel que Lord Southsea.

— Ce film est idiot, n'est-ce pas? dit-elle.

— Oui, fit-il amèrement. Bête *comme tout.*

L'anglais mettait entre eux une barrière qu'ils ne tenaient plus à franchir. Il ne s'aperçut pas qu'elle le parlait presque aussi mal que lui.

— Américaine?

Elle fait signe que oui. Elle ment à peine. Anglaise

bientôt, si elle réussit à faire annuler son ridicule mariage et épouse Sir Junius, qui d'ailleurs est australien. L'argent, ou plutôt le papier imprimé qui de nos jours en tient lieu, le prestige d'un titre aussi neuf que sa gloire d'actrice de théâtre d'ombres, toute cette poudre aux yeux pour lecteurs de journaux du dimanche, que peut s'offrir de mieux une femme qui ne parvient qu'à singer sa vie ? Angiola ne réussit pas à goûter aux grandes émotions qu'elle excelle à faire ressentir à d'autres : les amours de son existence véritable avortent l'un après l'autre comme son unique enfant. Devant son premier amant, à Palerme, elle singeait le cynisme ; près de Tonio de Trapani, elle a joué l'innocence. Pâle encore de sa perte de sang, quand Paolo Farina lui a proposé le mariage, elle a feint le repentir. En le quittant, auprès de son artiste lyrique pour scène de province, elle a cru se faire valoir en simulant le remords. A Tripoli, devant Sir Junius Stein, le commanditaire de la AFA, petite grue acceptée comme figurante dans un film, elle a joué la détresse. Ici, près de ce nouveau venu, elle n'aurait pu que singer l'amour.

— Italien ?

— De passage à Rome.

Mentir, couper les ponts entre l'autre et soi, s'enfoncer dans le mensonge comme à l'intérieur d'une île. Qu'est une femme ? Va-t-il se laisser prendre à des yeux prétendus tristes ? Cette salle déjà à demi vide, nettoyée par la lumière électrique, ne se souvient plus des images de son délire. « Après tout, se dit-elle en le regardant, je ne suis pas trop mal tombée : il est bien. Mieux vaut tout de même qu'il n'ait pas deviné qui je suis. »

— On se revoit? demande-t-il sans conviction.

— Ce n'est pas possible.

Il n'insiste pas. Chacun, de son côté, ne désire plus qu'être seul. Elle glisse dans son sac le petit miroir en forme de cœur. Il l'aide à remettre son manteau : cette soie bordée de fourrures le fait penser avec quelque tendresse au secret de son corps. Les spectateurs exorcisés se précipitent vers la porte. Il se sent moins loin que d'habitude de ce public venu contenter ici son goût grossier du romanesque et du malheur. Angiola se demande combien de ces gens, ce soir, la reverront dans leurs rêves. Marchant près de cette femme, il remarque, avec un mouvement d'orgueil, qu'on se retourne sur elle, ou du moins sur ses perles.

— Je vous cherche un taxi?

— J'ai une voiture.

La pluie a cessé. Le chauffeur attend dans une petite rue latérale. Elle doit se courber pour entrer. A travers les glaces basses, Alessandro ne voit plus, de cette amoureuse interchangeable avec tant d'autres, qu'un sourire juste à point mélancolique et deux mains étroites enfilant leurs gants. Si Marcella revient à lui ce soir (sa raison l'admoneste qu'il n'en sera rien), il s'en voudra d'avoir sottement offert de déranger sa vie pour une détraquée, une simulatrice qui l'a pris pour dupe. Son imagination lui représente plus authentiquement l'appartement vide, le fauteuil où il va s'enfoncer, un coupe-papier à la main, avec une revue ou un traité de chirurgie, s'interrompant à chaque ligne pour se reprocher sa crédulité ridicule. Il va tâcher de rentrer chez soi le plus tard possible.

— Belles roses... Beaux œillets... Belles roses...

— Attends, dit-il au chauffeur.

Tandis qu'il verse le prix des roses dans la main rabougrie de la vieille, une demi-douzaine de licteurs en chemises sombres encombrent de leurs gesticulations toute la largeur du trottoir. Une phrase happée au hasard retentit en lui d'autant plus profondément que, sans le savoir peut-être, il n'a pas cessé de l'attendre. Laissant filer l'auto qui contient la femme et les roses, il rejoint le milicien bouleversé en qui il reconnaît un ami.

— Comment, c'est toi ?... Tu sais ce qui t'arrive ?

La face molle de ce gros homme semble ravinée par l'orage. Alessandro a le temps de s'appliquer sur le visage un masque de surprise. Des hypothèses refoulées remontent à la surface de sa crainte. Arrestation ? Port d'armes illégal ? Il imagine le téléphone sonnant sans arrêt à son chevet dans sa chambre vide. Est-il compromis ? Alessandro a épuisé quelques heures plus tôt ses velléités d'héroïsme. Toute cette aventure n'est plus pour lui qu'une équipée imbécile.

— ... Complètement folle... Ton nom de famille ... Maria ... (Est-ce que je sais, moi? ...) Marcella Sarte... Mais non : elle n'a rien dit... Elle n'a pas cessé de tirer jusqu'à ce que... Ses papiers... Trouvés sur elle... Mon pauvre vieux, en voilà une histoire!

Le bavardage de ce camarade charitable empêche l'émotion d'Alessandro de dérailler en plein cauchemar. A-t-elle vraiment osé CELA? Puisque Marcella n'en saura jamais rien, Alessandro trouve inutile d'avouer qu'il l'admire, et il ne se comprendrait pas lui-même, s'il avouait qu'en ce moment il l'envie. Près de ce Tito quelconque, il agit comme tout le monde aurait agi à sa place.

Les deux hommes se dirigent presque en courant vers le plus proche poste de police. Dans un local où une impitoyable lumière blanche coule sans interruption d'une ampoule électrique, comme l'eau froide d'un robinet de Morgue, deux formes couchées sont étendues l'une près de l'autre. Un jeune garçon appartenant à un groupement de préparation militaire, atteint stupidement par un des cinq coups tirés au hasard dans la nuit, laisse pendre sa tête vidée par une blessure. On a pieusement recouvert d'une cape d'uniforme son visage enfantin déjà gagné par la dure douceur du marbre. A côté de lui, une femme assommée, que les journaux du matin traiteront de déséquilibrée avec une pitié méprisante, est déposée sur le carrelage. Ces deux victimes de dieux différents se font contrepoids dans la mort.

Une robe noire, trempée de pluie, colle au corps de la meurtrière, donnant à cette morte l'apparence d'une noyée. Un peu de sang et de salive a coulé de la bouche grande ouverte, mais le visage est intact. Une mèche humide serpente le long de la joue de cette Méduse morte. Et les yeux fixes, mais aveugles, plongent dans ce néant qui pour elle est tout l'avenir.

La mère Dida se rassit sous un porche, entre ses deux paniers encore à demi pleins de fleurs invendues et fatiguées par ce temps d'orage, ramena son mouchoir sur ses cheveux, qui, lavés, eussent été blancs, coucha ses pieds sous elle pour les préserver des flaques, et montra le poing au tonnerre.

Jeune, la mère Dida avait ressemblé aux fleurs; vieille, elle ressemblait aux troncs d'arbres. Elle était dure d'oreille; ses grandes mains noueuses ramaient autour d'elle comme des branches; ses pieds lents à se mouvoir collaient au sol comme s'ils y étaient plantés. Ses enfants morts pourrissaient au cimetière comme des feuilles de novembre; ses Bons Dieux eux-mêmes étaient des espèces de grandes fleurs. Le petit bout de Jésus naissait au temps de Noël, faible et frais comme une primevère; à Pâques, déjà tout grandi, laissant pendre comme un fruit sa tête barbue couronnée d'épines, il expirait sur l'arbre de la Croix. C'était la preuve qu'il était Dieu, car on ne vit pas trente ans dans l'espace de douze semaines. L'autre preuve que c'était le Bon Dieu, c'est que Marie l'avait fait toute seule : si de la mère d'un homme on lui avait dit pareille chose, la vieille Dida n'y aurait pas cru. Certains de ces Jésus étaient plus riches que d'autres ; quelques-uns savaient lire, comme le Bambin d'Ara Cœli à qui les pauvres gens écrivent quand ils sont dans le malheur. Des fois, ces Jésus étaient gentils, ils vous écoutaient ; puis, ils devenaient sourds, ou se fâchaient sans qu'on sût pourquoi. C'est comme le soleil qui chauffait quand on souhaitait la pluie, ou se cachait quand on avait tant besoin de ciel bleu. Et il y avait aussi le vent, qui tantôt est là, tantôt n'y est pas, car tout ce monde n'est qu'un grand caprice, et la lune, qui fait la figure qu'elle veut, et le feu qui s'allume parce qu'il est fait pour ça. Il y avait aussi l'État, qui dit toujours qu'on lui doit de l'argent, et fait tuer le monde en temps de guerre, mais c'est ainsi parce que c'est ainsi, et il faut bien qu'il y ait des puissants pour gouverner et des gens riches pour faire travailler le pauvre. Et il y avait aussi le dicta-teur qui n'était pas là autrefois, et que le Roi a nommé comme qui dirait pour diriger à sa place. Il fait du bien au pays, mais il est dur envers ceux qui sont contre (on a mis les menottes au fils Belotti, c'est triste), mais il a raison, car c'est lui le plus fort. Et il y avait Rome, où depuis trente-cinq ans la mère Dida vendait des fleurs, et d'un bout à l'autre du monde on n'aurait pu trouver une ville plus grande et plus belle que Rome, et c'est pour ça qu'il y venait tant d'étrangers. Et de l'autre côté de Rome, du côté qui n'était pas celui de Ponte Porzio, il y avait la mer, que Dida n'avait jamais vue, mais que son fils Nanni avait traversée pour aller en Argentine, et où les enfants d'Attilia allaient parfois en autobus, le dimanche, au temps des vacances. Et tout autour de Rome, il y avait de mauvaises terres où croît tout juste de l'herbe à moutons, mais aussi des routes avec des camions et de la poussière, parce que c'est le progrès, et des fabriques qui viennent tous les ans plus nombreuses, et des curiosités avec des restaurants où vont les gens qui ont de quoi. Et, çà et là, on y voyait aussi des cultures maraîchères, et des champs où des fleurs poussaient en rangs serrés pour être vendues à Rome, et des serres brillant au soleil comme celles dont en ce moment prenait soin son fils Ilario. Puis, beaucoup plus loin, du côté où est Florence, et où vivait sa fille Agnese avec son cocher de mari, il y avait des montagnes où en hiver on voit de la neige. Et, aussi loin qu'on allait, dans toutes les directions, c'était comme ça de la terre sous le ciel. Et, au milieu de toutes ces choses d'autant plus éclairées qu'elles étaient plus rapprochées d'elle, il y avait elle-même, la mère Dida de Ponte Porzio.

Quand on lui demandait où et quand elle était née, Dida répondait que c'était à Bagnani, sur l'Anio, il y avait bien longtemps, avant même que le Roi ne fût entré dans Rome. Elle avait eu tant de frères et sœurs que leurs noms lui sortaient de la tête; la mère était morte de bonne heure; Dida avait dû s'occuper à sa place de tous ces agneaux du Bon Dieu, mais heureusement quand le Seigneur donne l'agneau il donne aussi l'herbe : on gagnait gros de ce temps-là dans la vigne. Puis, si étrange que ce fût à dire, elle avait été belle fille, avec sous sa chemise des seins ronds comme des pommes d'amour. Elle avait épousé Fruttuoso, l'ancien jardinier de Villa Cervara, qui avait quitté pour avoir eu des mots avec les propriétaires; on avait acheté à Ponte Porzio un terrain pour faire en grand l'élevage des fleurs. Fruttuoso s'y connaissait mieux que personne en semis, en repiquage, en taille, en boutures. Il était venu des enfants, peut-être huit, ou neuf peut-être, y compris ceux qui n'étaient pas nés à terme et ceux qui n'avaient vécu que quelques jours, mais ceux-là, c'étaient de petits anges. Il avait fallu de nouveau élever tous ces agneaux du Bon Dieu, les laver, les nourrir, leur taper dessus pour leur apprendre de bonnes manières, leur enseigner à gagner leur pain après l'âge de neuf ans et la sortie de l'école. Fruttuoso allait au point du jour vendre à Rome dans sa carriole peinte; il rentrait de bon matin, ensommeillé, le long des routes plates et roses; son petit cheval connaissait le chemin. Un jour, à un passage à niveau, l'express se jeta comme un loup sur l'homme et l'attelage, écrasant leur bruit de sonnailles. On envoya le petit cheval à l'équarrisseur, et Fruttuoso alla dormir au cimetière sous une couronne en fil de laiton qui durait plus et faisait aussi bon effet que de vraies fleurs.

Dida connut des temps durs, qui par la suite se mélangèrent dans sa mémoire avec les temps durs de la Grande Guerre, où son aîné avait été tué à Caporetto. Bien que les enfants fussent déjà assez capables pour aider leur mère, elle avait pris un homme pour les gros ouvrages; au bout de dix mois, elle fêtait un nouveau baptême : ce n'était pas un mauvais homme, ce Luca, mais il se connaissait mieux en femmes qu'en fleurs. Les enfants grandissaient; Dida devenait avec l'âge plus avare qu'amoureuse; lasse de nourrir pour rien ce va-nu-pieds qui avait une fois par paresse laissé périr toutes ses roses, elle n'osait le renvoyer, de peur du tranchant de son couteau. Enfin, ses trois fils réussirent à enfoncer à coups de poing dans la tête de Luca des idées de départ. Dida hurlante reconduisit jusqu'au tournant de la route son Luca menaçant et couvert d'emplâtres; les larmes lui coulaient des yeux comme l'eau des rigoles; elle maudissait ses chiens de fils qui molestaient leur vieille mère; elle n'avait pas de quoi lui offrir en guise d'adieux une veste et une casquette neuves; le sang lui tournait de le voir partir. Il savait qu'elle mentait; elle savait qu'il n'était pas dupe : pendant quelques nuits, la famille veilla de crainte que Luca ne revînt mettre le feu ou faire du dégât dans la serre, mais il se contenta d'aller chercher ailleurs à s'employer chez une veuve.

Ce fut alors à ses enfants que mère Dida put refuser, à qui du tabac et des souliers vernis pour danser le dimanche, à qui du ruban, de la pommade, ou une pièce de soie. Nanni comme son père fut happé par l'express : il prit le train pour Naples et le paquebot pour Buenos Aires. Agnese partie faire la femme de chambre à Florence se mit en ménage avec un cocher de fiacre qui était bien brave, mais leur petite avait mal tourné, et les laissait depuis dix ans sans lettre et sans mandat-poste. Attilia avait épousé ce vaurien de Marinunzi. Mais Ilario, lui, était sérieux : il savait que les fleurs, c'est de l'argent. Et les deux filles qui restaient ne craignaient pas l'ouvrage; la cadette, celle à Luca, n'avait pas toute sa tête, mais c'était encore elle qui travaillait le plus. De vrais remèdes d'amour en souliers d'homme et en sarrau déteint, jaunes et ridées comme des vieilles, se levant avant l'aube pour mettre en bottes la marchandise, peinant tout le jour, se relevant la nuit pour mettre des paillassons ou veiller aux poêles : il n'y avait pas de danger qu'un amoureux vînt les enlever à mère Dida. Et à Ilario, Dida avait déconseillé de prendre femme; on était assez nombreux comme ça, et les filles d'aujourd'hui ne valent rien pour le ménage. On avait vendu une partie du terrain pour un immeuble, car Ponte Porzio maintenant n'était plus tout à fait campagne : on avait agrandi la serre sur ce qui restait. Ilario avait pour clients de grands fleuristes de Via Veneto; Dida n'aurait plus été obligée d'aller chaque jour trafiquer à Rome, comme elle avait accoutumé de le faire depuis son second veuvage.

Mais elle avait l'habitude de Rome; elle aimait se faire déposer chaque matin par la camionnette d'Ilario sur la marche de marbre à l'entrée du vieux Palais Conti, entre le cinéma qui occupait depuis dix ans le rez-de-chaussée à gauche (et c'était une bonne chose pour le commerce des fleurs), et le Café Impero sur la droite, dans la rue transversale, dont la patronne permettait à Dida de laisser pour la nuit ses bouquets invendus dans des seaux au fond du corridor. Elle aimait le bruit, et elle en avait en abondance; elle aimait le quartier, où elle se sentait un personnage autant que la princesse qui logeait au bel étage du palais et chaque matin marchandait ses fleurs. Depuis trente ans qu'elle travaillait sur cette marche, elle avait vu changer bien des choses; le grand monument blanc, là-bas, au fond de la place, avait poussé sous ses yeux; elle avait survécu à un roi et à trois saints-pères. Elle aimait le métier : elle savait sourire finement aux gens pour faire croire qu'elle les connaissait; elle avait appris à reconnaître les étrangers, et n'ignorait pas qu'ils demandent rarement leur monnaie, parce que c'est trop compliqué, et d'ailleurs ils sont tous riches. Elle savait qui achetait sa marchandise pour l'hôpital ou pour le cimetière, ou pour les parents, surtout à la Sainte-Marie et à la Saint-Jean, ou pour une belle, ou par gaieté parce qu'il faisait beau, ou au contraire parce qu'il faisait triste, ou parfois même par amour des fleurs. Elle aimait le petit bar où elle buvait à midi un café express et où on lui laissait sortir d'un journal sa nourriture odorante. Elle aimait rentrer chez soi par le dernier autobus, respectée du conducteur. Elle faisait à pied les quelque cinq cents mètres de route rurale qui la séparaient de sa maison aux persiennes toujours bien closes, en se pressant, de crainte des mauvais coups. Puis, dans la cuisine, tandis que Tullia ou Maria ébouriffées descendaient lui réchauffer son plat de pâtes, on l'entendait traîner sa chaise sur le carrelage, en maugréant contre cette masure bonne tout au plus pour les bêtes, et souhaiter des apoplexies à ses feignants d'enfants, qui travaillaient moins qu'elle.

On la disait mauvaise : elle était dure comme la terre, avide comme la racine qui cherche sa subsistance, étranglant dans l'ombre les racines plus faibles, violente comme l'eau et sournoise comme elle. Pour des générations de créatures végétales, elle avait été la Bonne Mère et l'impitoyable Parque, mais ces anémones, ces renoncules ou ces roses n'avaient jamais été pour elle qu'une matière première, une chose née du sol et des engrais qu'on fait pousser et qu'on coupe pour vivre. Elle n'avait jamais cessé d'exploiter ses hommes dans le plaisir et le travail; ils avaient été ses outils. Elle avait geint et mugi sur ses absents et sur ses morts, puis les avait oubliés comme une bête oublie ses compagnons d'étable disparus et la portée qu'on lui a prise. Ceux de ses enfants qui lui restaient, elle les avait dressés à lui rapporter leur gain comme les chiens des grives. Elle fourrait l'argent dans des cachettes bien à l'abri des convoitises d'Attilia et de son vaurien de mari, et dont Ilario même, par respect, faisait semblant de ne pas savoir tout à fait l'emplacement. Mais la meilleure était le sac crasseux qu'elle portait au cou, et qui contenait, comme de Saintes Espèces, les billets de banque de la famille soigneusement pliés. C'était son scapulaire, son Jésus, son Bon Dieu qui ne la laisserait jamais manquer. A cause de cet argent, son gendre Marinunzi la saignerait un de ces jours, ou Luca bien sûr l'assommerait un soir sur la route, ou même Ilario qu'on avait vu rôder avec une corde lui ferait son affaire, poussé par une vilaine femme sans scrupules; et Dida rêvait assassins comme les vieux arbres rêvent peut-être bûcherons.

— Dida, vous irez au Diable, avait dit ce matin-là le père Cicca, le curé de Sainte-Marie-Mineure, en arrêt devant les corbeilles bien pleines, et louchant du côté des roses dont il avait envie pour la chapelle de l'Immaculée.

Dida sans répondre continuait à casser entre ses dents le fil de jonc dont elle entourait ses fleurs.

— Vous irez en Enfer, reprenait-il, et la preuve, c'est que vous y êtes déjà. Vous ressusciterez au Jugement dernier le poing fermé, comme tous les avares, et vous passerez l'éternité à essayer, sans y parvenir, de rouvrir la main. Pensez à cela, mère Dida, une crampe éternelle! Vous ne m'avez jamais lâché la pièce pour une messe à l'intention de vos bons morts; vous êtes dure pour vous et mauvaise pour les autres; on ne vous a jamais vue jeter à un chien une croûte à manger. Un bon mouvement, Dida, donne-moi tes roses pour la Sainte Vierge!

— Accident! grommelait mère Dida. Elle est plus riche que moi, ta Sainte Vierge!

Mais son vieux visage se déplissait, souriait au petit père Cicca qui était du pays, et trente ans plus tôt lui avait trouvé cette bonne place à deux pas de Sainte-Marie-Mineure. Dida lui aurait volontiers donné quelque chose pour sa Sainte Vierge si elle avait eu de quoi. Mais elle n'avait jamais de quoi, et le curé point trop déçu s'en allait, les pieds dans ses souliers trop larges, sa soutane sale traînant à terre, et tirant par le bras son grincheux ami, l'organiste aveugle. Ces deux hommes se chamaillaient comiquement sans cesse et ne se quittaient guère : Sainte-Marie-Mineure était un refuge pour l'aveugle, et celui-ci à son tour un trésor pour le père Cicca. Bien plus, ils se chérissaient, l'habitude avait fait d'eux de vieux frères. Leurs destins se ressemblaient : des gens bien intentionnés avaient fait apprendre la musique à l'aveugle, parce qu'on n'a pas besoin pour cela de ses yeux, et le père Cicca était entré dans les ordres parce que de pieuses personnes avaient offert à sa famille indigente de défrayer ses études. Mais il s'était trouvé que l'aveugle avait du don pour la musique et que le père Cicca aimait Dieu. Comme tout bonheur humain, leur bonheur était imparfait et précaire : l'organiste souffrait en hiver du froid glacial de l'église, et en toute saison de n'être pas invité à jouer par la Maîtrise de Sainte-Cécile, qui était célèbre; la musique même avait ses moments de vacuité et de dégoût où Bach n'était qu'un bruit compliqué; puis, tout à coup, ce musicien médiocre montait au ciel sur les ailes d'une fugue. Le père Cicca avait ses démêlés avec son évêque, sa pauvre famille qui lui pendait au cou, et des envies enfantines, mais aussi violentes que les passions des débauchés, pour des objets qu'il n'aurait jamais, une belle montre en or, un nouveau candélabre électrique pour son église, une petite voiture luisante et bruyante comme elles abondent dans les rues de Rome. Mais la nuit, soudainement, dans son lit dur, le vieux prêtre se réveillait comblé de joie et murmurait : « Dieu... Dieu... », émerveillé comme par une découverte toujours nouvelle qu'il était seul à faire et ne pouvait communiquer à ses ouailles, à Dida qui n'aimait que l'argent, à Rosalia di Credo qui ne savait pas que Dieu est partout et pas seulement en Sicile, à la princesse de Trapani que tourmentaient les dettes de son fils. « Dieu, murmurait-il. Dieu... » Il soupirait, honteux de posséder Dieu comme un privilège, comme un bien qu'il ne dépendait pas de lui de partager avec d'autres, et qu'il n'avait pas plus mérité qu'eux. Et, tout comme l'argent de Dida était guetté par des malfaiteurs, le ciel de l'organiste était menacé par la surdité, et celui du vieux prêtre était gâché par les scrupules.

Il tonnait toujours ; Dida baissait le nez, inquiète de cette foudre qui frappait au hasard, comme si personne n'était innocent. Par bonheur, pourtant, l'orage avait passé du côté de la mer ; il ne pleuvait plus à Rome, ni sur les champs de Ponte Porzio. Mais la journée avec ses averses dès l'après-midi avait été mauvaise pour la vente. Et des discours politiques, il faut qu'il y en ait, mais ce n'est pas cela qui fait vendre des fleurs. Depuis neuf heures du soir, Dida n'avait vu que les milliers de dos de personnes tournées vers un point de la place qu'on n'apercevait pas de son encoignure. Les cris et les applaudissements ne lui étaient parvenus que comme un grand bruit vague. Puis, la trombe d'eau et le reflux de la foule l'avaient forcée à chercher refuge dans le corridor du café, et quand enfin la rue avait repris son air de toutes les nuits, il y avait beau temps que le dernier autobus pour Ponte Porzio avait quitté la place de la Gare. Elle pouvait, c'est vrai, aller coucher au Trastévère chez Attilia qui attendait son quatrième, mais c'était loin, et elle préférait ne rien devoir à ce scélérat de Marinunzi. Le plus simple encore était d'attendre sur place l'arrivée matinale de la camionnette d'Ilario; elle pourrait toujours passer ce qui restait de nuit dans la cour du palais Conti, où elle était connue du concierge.

Mais d'abord, il serait peut-être bon, avant la fermeture du Café Impero, de se servir du cabinet dans le corridor que la patronne lui permettait d'employer. Ce cabinet était pour Dida un des principaux avantages de son pas-de-porte. Le lieu avait un charme à lui qu'on éprouvait dès qu'on s'approchait de sa porte toute en miroirs, vers laquelle s'avançait une vieille femme dont Dida savait que trente ans plus tôt elle avait fait tourner bien des têtes; on était bien, jupes relevées, dans cet endroit éclairé à l'électricité, protégé de l'air et du vent, et où même le bruit de l'eau qui coulait continuellement, à cause d'une fuite qu'il y avait, était un bruit de luxe, qu'on n'aurait pas entendu à Ponte Porzio où l'on n'était pas mal approvisionné pour l'arrosage, mais où dans la maison on n'avait pas mis l'eau courante. Mais il fallait prendre soin de laisser tout très propre, surtout dans un endroit où il vient tant d'étrangers.

Au moment où Dida ressortait, la patronne du

café fermait la porte donnant sur le corridor. Sous sa coiffure bien lissée, elle était toute pâle :

— Quelle soirée terrible, Dida! On a tiré sur Lui à la sortie... Un client m'a dit...

— Pour sûr, ce n'est pas du temps pour la saison, répond Dida sachant que les gens qui vous parlent vous parlent presque toujours du temps qu'il fait.

— Mais quoi? Je vous dis qu'on Lui a tiré dessus à la sortie, crie à tue-tête la patronne qui tient à son excitation, à son indignation, et à ses nouvelles. Le client a vu la marque de balles sur la vitre de la voiture... Il s'en est fallu de peu... Une femme, pensez donc! Et jeune, à ce qu'on dit... Encore un coup de ces ignorants d'anarchistes, socialistes, communistes, est-ce qu'on sait quoi, ces gens qui touchent l'argent de l'étranger... On a été trop bon, mère Dida. Et la femme? Bien sûr qu'elle est morte. On a été bien forcé... Elle se débattait, elle s'accrochait... Il y en a qui disent que c'était des grenades, pas des balles... Il paraît qu'il y a du sang par terre à l'entrée de Saint-Jean-Martyr... Une mare de sang... Bonsoir, Dida, je n'en dormirai pas de la nuit.

Lentement, à pas incertains, Dida retourne un instant s'asseoir sur sa marche, contre la porte fermée, entre ses bouquets qu'elle a oublié de mettre à rafraîchir. Elle a peur, si peur même qu'elle n'ose pas se lever, s'en aller, tournant le dos à cette place maintenant toute noire. Et elle est seule... La patronne vient de partir, sans même remarquer qu'à cette heure tardive, Dida n'a plus d'autobus, mais elle a autre chose que Dida en tête, naturellement. Quelle nuit terrible! « C'est pas un monde pour chrétiens, pense-t-elle, et même les bêtes sauraient mieux... On a tiré sur Celui à qui le Roi a donné le droit de commander. C'est un crime... Rien ne peut plus marcher dans un monde comme ça. Tout va encore plus mal que du temps où on a tué le Roi, l'année où le pauvre Fruttuoso est mort. Et cette femme... » Le cœur de Dida se serre un peu, malgré elle. « Une mare de sang... Il faut qu'elle en ait eu, du courage, pour faire une chose comme ça. On lui avait peut-être fait du tort... » Furtivement, gênée comme si on la regardait, Dida fait un signe de croix pour la morte; cela ne coûte rien, et, un jour, il sera bon que quelqu'un en fasse autant pour elle avec un bout de prière.

Dida se tasse davantage, comme s'il importait d'être vue le moins possible. Si près, à deux pas d'ici, de l'autre côté de la place vide où il n'y a plus que les policiers habituels qui marchent deux à deux... Oui, mais on a déjà dû couvrir le sang avec du sable. Tout de même, la Mort a passé par là; elle ne l'a pas pris, Lui, mais elle a pris cette femme; elle cherche peut-être encore quelqu'un d'autre. Quand c'est le moment, rien à faire... Et qu'est-ce qu'il avait, ce matin, ce chien de curé, à lui dire qu'elle ressusciterait le poing fermé? Dida, qui ne sait pas que le père Cicca paraphrasait Dante, remue lentement ses doigts noueux qui de toute façon ne s'ouvrent jamais tout à fait. Mais quoi ? Elle n'est pas avare ; elle n'est que pauvre. L'argent, il faut bien le garder, pour ne pas être à charge aux autres en temps de malheur. Et c'est vrai qu'elle traite durement ses enfants, pour ne pas encourager ces fainéants dans trop de vice, mais le père Cicca n'a pas le droit de l'appeler sans-cœur. Ce qu'il ne sait pas, heureusement, c'est qu'hier, en rentrant, elle a trouvé dans sa cuisine le vieux Luca buvant son bon vin, pleurant faiblement de joie et d'attendrissement dans son verre. Avec l'aide de Tullia et de Maria, elle l'a traîné à la porte ; le matin, les trois femmes l'ont ramené de force à l'Hospice, acharnées sur lui comme autant d'abeilles sur un frelon à demi mort de froid. Dida aurait scandalisé le village en gardant ce vaurien chez elle, mais qui sait ? Le père Cicca dirait peut-être que c'est un crime de le chasser. Et comme elle est frugale et se refuse tout à soi-même, ce curé de malheur lui reproche de ne pas s'aimer. Le temps se remet ; il y a même un peu de lune, mais des éclairs luisent encore au bas du ciel, au fond des rues, et cette fois c'est du côté de Ponte Porzio. Dida pose la main sur le petit sac de peau dissimulé par sa robe, qui lui pend au cou comme la glande d'une chèvre, et pense à Marinunzi et à son couteau. Peut-être qu'en ce moment la foudre tombe sur la serre, ou bien un rôdeur se glisse pour y mettre le feu, et l'on croira que c'est la foudre. Au Jugement dernier, Dieu brûlera toutes les mauvaises herbes.

Dida avança prudemment la tête sous son châle, comme une tortue, et regarda dans la nuit. Les cinémas et les cafés n'étaient plus que des maisons noires. Ces mares, là-bas, dans le creux du pavement, n'étaient que l'eau du ciel. A deux pas de Dida, une espèce de vieux pauvre honteux se traînait le long du mur, indifférent aux gouttières qui crachaient sur sa pèlerine. Le réverbère à l'entrée du palais Conti éclairait ses grands yeux pâles, sa maigre barbe, ses cheveux trop longs sous son chapeau déformé. On aurait dit un Bon Dieu pauvre. Il n'avait pas l'air dangereux, celui-là; pas un de ces mendiants maudits qui volent et qui mettent le feu; au contraire, par une nuit pareille, ça faisait du bien de voir quelqu'un de vivant. Les malheureux que fréquentait Dida étaient des coquins qui ne méritaient pas qu'on les aide; mais cet inconnu, c'était autre chose. Le mendiant allait s'éloigner après avoir jeté sur Dida le coup d'œil d'un homme pour qui les visages ont un son comme les voix, et un sens comme les mots. Dida, prenant ce regard pour une prière, choisit ce miséreux pour lui faire l'aumône, comme une femme se livre plus facilement à un amant de rencontre, parce que ce délire sera sans lendemain. Elle fouilla dans son tablier, en tira la pièce de dix lires qu'un client amoureux lui avait jetée négligemment à la sortie du cinéma et les tendit avec ostentation à cet indigent.

— Tiens, vieux. Voilà pour toi.

L'homme stupéfait prit la pièce, la retourna, la glissa enfin dans sa poche. Dida avait craint un instant que son offrande serait refusée. Il acceptait : c'était bon signe. « Dix lires, marmonna-t-elle, on ne peut pas dire que ce ne soit pas quelque chose. » Et, rassurée, constatant qu'il ne tonnait plus, quitte envers sa conscience et les puissances invisibles, elle ramassa ses paniers et s'en alla faire un petit somme dans la cour du palais Conti.

Clément Roux ôta son feutre, et s'épongea largement le front. Il était trempé de pluie, mais aussi de sueur. Une lune limpide emplissait le ciel pur, neuf, lavé de frais par l'orage. Un calme enchanté régnait dans les rues vides : des brèches pâles, des corridors d'ombre ouvraient dans les points de vue célèbres des échappées sur un autre monde; les monuments acquéraient une jeunesse ou une vétusté sans âge; une grue d'acier au pied d'un mur, son bloc de pierre entre les dents, ressemblait à quelque antique catapulte; des bases de piliers, des bouts de colonnes épars sur les dalles faisaient penser aux pions d'une partie terminée, abandonnés dans un désordre apparent qui cachait en réalité un ordre inéluctable, oubliés sur place par des gagnants ou des perdants qui ne reviendraient plus.

La demie de minuit sonna; le cœur de Clément faisait son bruit de montre malade. Hors d'haleine, il s'appuya à la balustrade du Forum de Trajan bouleversé par de récentes fouilles. Sans sympathie pour ces travaux qui au profit d'un passé plus ancien dévastaient un passé plus proche, il se pencha, regarda vaguement sous lui dans cet espace situé à quelques mètres et à quelques siècles en contrebas du nôtre, comme on regarde au cimetière une vieille tombe rouverte, avec pour seul sentiment la peur d'y tomber. Ses yeux de presbyte cherchaient en vain les prunelles luisantes, les bonds légers des chats qui rôdaient naguère autour des troncs de colonnes, se disputant les restes jetés par les cochers et les touristes anglaises, offraient à une échelle réduite l'image de panthères se jouant dans l'arène sur des ossements humains. Dégoûté, il se rappela qu'on les avait supprimés avant de commencer les travaux de déblaiement. Son malaise augmenta, comme si son angine s'aggravait de leur asphyxie. Seuls, disait-on, les gens du peuple s'étaient émus de ce massacre; une peur superstitieuse leur avait fait prédire la vengeance de ces sauvages petits fauves; quand la femme du gouverneur de Rome était morte tragiquement quelques semaines plus tard, ils s'étaient sentis rassurés par cette sorte d'expiation. Clément Roux pensait comme eux. Ni l'immémorial préjugé qui réserve la possession d'une âme aux seuls membres de l'espèce humaine, ni ce grossier orgueil qui fait de plus en plus de l'homme moderne le parvenu de la nature, n'avaient jamais réussi à persuader Clément qu'un animal est moins digne que l'homme de la sollicitude de Dieu. La seule chose qu'il ait retenue de ses leçons d'histoire romaine, n'est-ce pas justement les quelques belles attitudes de fauves de certains de ses empereurs? Ces matous victimes de l'hygiène édilitaire l'intéressent tout autant qu'un tas de Césars morts.

« Ce n'est plus si beau, se dit-il, essayant de détourner sa pensée de l'oppression qui grandit, atteint la limite où elle devient peu à peu souffrance. La ruine trop propre, tirée au cordeau... Trop démolie, trop reconstruite... De mon temps, ces petites rues zigzaguant en plein passé qui vous amenaient au monument par surprise... Ils ont remplacé tout ça par des belles artères pour autobus, et, le cas échéant, pour chars blindés. Le Paris d'Haussmann... Le champ de foire des ruines, l'Exposition Permanente de la Romanité... *Laudator temporis acti?* Non, c'est laid. Et puis, de toute façon, trop fatigant... Décidément, cette douleur... »

Il s'interrompt de penser, s'immobilise comme une bête devant le danger. L'étau qui se resserre... Que va-t-il se passer, cette fois-ci?... Tomber sur place... Rester calme, essayer de faire avorter la crise une fois de plus. Les tubes sont dans la poche de gauche.

Le mince bruit d'une ampoule qu'on brise. Le nitrite d'amyle se répandit dans l'air. Les sourcils froncés, Clément Roux inhalait avec attention cette odeur fadement acidulée qui lui desserrait déjà la poitrine. Soudain :

— Besoin de rien ?

— Marchand de cartes postales ?

Distrait de son reste de douleur, Clément se retourna hargneusement vers ce passant charitable. L'extrême beauté de Massimo, étant inattendue, surprenait comme l'eût fait une difformité.

— N'ayez pas peur. Je ne vends rien ce soir, dit le jeune homme avec un sourire qui n'était qu'une torsion des lèvres. C'est le cœur qui ne va pas ?

Massimo soutint le vieillard, assit presque de force sur un banc ce grand corps fatigué. Le clair de lune, le passage récent du danger, et ce pur profil incliné dans l'ombre maintenaient Clément dans un monde où les chats sont des panthères, et où on ne s'étonne pas, la nuit, en plein Rome, d'être secouru en français.

— Je suis foutu, souffla le vieil homme.

Mais cette affirmation était déjà celle de quelqu'un qui a moins peur. Le médicament et la drogue plus puissante de la présence humaine avaient une fois de plus amorti son angoisse : la crise s'achevait aussi subitement qu'elle avait commencé, laissant derrière elle une fatigue qui était presque de l'euphorie et la vague crainte de son prochain retour. Le jeune homme s'adossa au mur bas du champ de fouilles. Instinctivement, par vieille habitude, Clément nota le visage harassé de son compagnon, ses doigts qui tremblaient en essayant de faire jaillir la flamme du briquet. « Il a l'air d'avoir fait un mauvais coup, pensa-t-il. Tant pis, c'est bon qu'il soit là... » Le jeune homme fumait avidement. Clément Roux tendit la main.

— Non... Ça va vous faire mal.

— C'est vrai, fit l'autre humblement. Mais ça va mieux... Salement mieux même, car enfin, à chaque faux départ... Préparé pour rien... Las de crever, de ne pas crever... Las de tout... Tu ne comprends pas ça, toi... Quel âge as-tu ?

— J'ai vingt-deux ans.

— C'est bien ce que je pensais. Moi, j'en ai septante.

« Vingt-deux ans... Non, dix siècles. Et il y a un siècle qu'elle est morte, et il y a cinq siècles que Carlo... Morts. Évanouis. Cette femme que j'entendais respirer à mon côté sur l'oreiller, cette main dans ma main... Et lui, avec son souffle entrecoupé, son costume gris que nous avons porté ensemble à réparer chez un stoppeur de Vienne, sa passion pour la musique allemande... Une somme escamotée du total. INCONCEVABLE. Aucune des explications qu'on donne... Ce vieux qui se remet d'une crise du cœur ne sait pas qu'il est pour moi une terre ferme... Un vivant... »

— Et voilà près de trente ans que je n'ai pas revu Rome. Changée en laid, comme toute la terre... Oh, je suppose qu'un type jeune, comme toi, trouve à ça une beauté tout autre que tu regretteras aussi dans trente ans. Plus du tout pour moi... J'ai horreur du bruit... Je déteste la foule... Mais ce soir, tout de même, je n'ai pu tenir dans leurs salons du César-Palace... Et à pied, tout seul, je suis allé...

— Comme tout le monde, fit Massimo d'une voix malgré lui tremblante. Entendre un discours place Balbo.

— Tu t'imagines! Voir des gens qui braillent acclamer un homme qui hurle? Tu ne me connais pas, mon petit. Non, mais les rues noires. Désertes... Justement parce que la foule s'est déversée d'un seul côté, comme un seau qu'on vide. Et la pluie furieuse sur les façades... Et moi, sous un arceau du Colisée, fumant, bien tranquille. Puis un peu perdu dans des rues changées... Mais le plus drôle est que tout ne file pas à la même vitesse. Retrouver des coins, des balcons, des portes, des choses qu'on ne se rappelait pas, parce que ça n'en valait pas la peine, et que pourtant on se rappelle, puisque, quand on les revoit, on les reconnaît... Et l'on pose les pieds sur les dalles, un peu plus doucement qu'autrefois, tu comprends, et l'on sent mieux leur inégalité, leur usure. Je t'embête?

— Vous ne m'ennuyez pas, Monsieur Roux. Je pense à une petite toile de jeunesse à vous qui représente un coin de Rome, un paysage de ruines très humaines... Même après tout ce que vous avez fait depuis, c'est encore très beau. Ou déjà très beau.

« Le pauvre grand homme, se dit-il. Un peu d'admiration lui fera du bien. »

— Tu sais qui je suis ?

— C'est bien simple : j'ai vu l'autre jour votre portrait par vous-même à la Triennale d'Art Moderne.

« ... Et je m'habitue, pensa-t-il. Et je suis déjà assez accoutumé à leur mort pour parler de peinture. Je le flatte d'ailleurs. Je ne l'ai vraiment identifié que grâce aux photographies des journaux. »

— Eh bien, tu connais un pauvre bougre... Clément Roux, sans blagues... — Un chantonnement presque belge donnait à chaque phrase un aspect de refrain triste. — ... Tu es français ? Non, russe. Je connais l'accent. Moi, je suis d'Hazebrouck. Parce qu'il faut bien être de quelque part... Le portrait n'est pas mal : tu as du goût... Des portraits, ils n'en font plus, parce que, les êtres humains, ils s'en foutent. Et puis, parce que c'est trop difficile. Prendre un visage, le démolir, le reconstruire, faire la somme d'une série d'instantanés... Pas ton visage : tu es trop beau. Ce n'est plus la peine. Mais une gueule comme la mienne... Ton paysage de ruines très humaines, quoi ? Tu as de la chance d'avoir vingt-deux ans.

« Ma chance, crie silencieusement Massimo, ma chance... Elle est propre, ma chance. Être celui qui ne meurt pas, celui qui regarde, celui qui n'entre pas tout à fait dans le jeu... Celui qui essaie de sauver, ou qui, au contraire... L'Ange des dernières heures...

Et ce regard de Marcella, je ne l'oublierai pas...
Est-ce ma faute, s'ils m'aiment? Cette heure volée au
temps, sur le bord de tout... Et tout ce que j'ai
trouvé à faire est de commencer par me griser de
mots... Pour la soutenir, pour la retenir... Soit. Et
surtout pour cacher que ces réalités n'étaient pas
pour moi... La vraie trahison n'était pas d'avoir cédé
au chantage de cet agent du régime, à Vienne, lors
de cette affaire de passeports... Encore moins cette
visite forcée de l'automne dernier à un personnage
d'opérette devant son bureau à casiers du palais
Vedoni... Non : l'illicite te plaît... Ne te défends pas :
ne tourne pas la chose en plaisanterie lugubre...
Mon nom est quelque part sur leurs listes... Conta-
miné pour toujours comme par la syphilis ou la
lèpre... Vivre encore quarante ans avec les mani-
festations secondaires d'une infamie pardonnée...
Demain, je serai convoqué à nouveau par le personnage d'opérette; on me posera des questions auxquelles je répondrai une fois de plus le contraire de
la vérité. Pas si bêtes... Bêtes à demi... Ils me jugeront
incompétent ou complice. Et, en ma qualité d'étranger, ils me prieront de quitter leur belle Italie, et de
faire estampiller ailleurs mon passeport Nansen...
Encore mon ignoble chance... Tout va se réduire
à un séjour chez ma mère qui est antiquaire à
Vienne. »

— Qu'est-ce qui t'arrive? On dirait que tu
pleures?

« Non, je ne pleure pas, pensa-t-il sauvagement. Je n'ai pas même le droit de les pleurer. »

— Une femme a été tuée ce soir. Après le discours. Pas un accident. Une tentative d'attentat.

— Où?

— Pas loin d'ici. Sur la petite place de Saint-Jean-Martyr.

— La pauvre diablesse, murmura respectueusement Clément Roux.

« J'ai eu tort de lui dire cela, pensa aussitôt Massimo. Il est trop vieux, et puis trop mal portant, pour avoir à s'occuper des malheurs des autres. »

Mais le vieil homme s'était levé, subitement anxieux de continuer sa route. « Ce mieux ne durera pas, se dit-il. Autant en profiter pour rentrer. S'en aller d'ici... Et demain quitter Rome. »

— Un taxi?

— Pas tout de suite... Je voudrais d'abord... D'ailleurs, il n'y en a pas.

« Et chers, pensa-t-il, à cette heure tardive. Si ce garçon un peu louche, mais serviable, consentait à m'accompagner... J'ai encore sur moi au moins une ampoule. Après tout, ce n'est sans doute que la fausse angine. »

— Êtes-vous sûr de pouvoir marcher?

— Quelques pas. C'est plutôt bon pour moi. Je ne suis pas tellement loin... Si nous prenions par la place des Saints-Apôtres?

Ils prirent par la place des Saints-Apôtres. « Il

est fier de connaître encore si bien Rome », pensa Massimo.

Au bout d'un instant, le vieux s'arrêta :

— Cette femme, tu étais là ?

— Non, dit Massimo, non. Non, cria-t-il. NON!

— Et Lui? Il est indemne?

— Indemne, admit amèrement Massimo. On prétend qu'il s'en est fallu d'une ligne.

— Quelle sacrée chance! éjacule admirativement Clément Roux. Oh, bien sûr, un jour ou l'autre, il n'y coupera pas... Les risques du métier. Dans ma jeunesse, il y avait un refrain de Bruant à propos de je ne sais quel type de la pègre : *Il a crevé comme un César*... C'est ça : crever comme un César. Ce que j'en dis n'est pas pour le diminuer, au contraire... Il faut bien qu'il y ait quelqu'un qui se mêle de gouverner, puisque la plupart des gens sont trop mous pour ça. Et puis, tu sais, moi, la politique... D'ailleurs, je ne suis pas d'ici... Pourvu seulement qu'il ne nous amène pas la guerre.

— Justement, fit passionnément Massimo. Je ne suis pas d'ici, moi non plus.

— Je vais t'expliquer à quoi ça me fait penser, moi, ta politique, dit le vieux s'arrêtant de marcher pour parler et de parler pour traverser précautionneusement une rue vide. J'ai un ami chef d'orchestre à la Scala qui m'a dit que quand on a besoin de bruits de foule, une insurrection, des gens qui gueulent pour ou contre, quoi, on fait chanter en coulisse

par des voix de basse un seul beau mot bien sonore :
RUBARBARA. En canon... BARBARARU... BARA-
RUBAR... RARUBARBA. Tu vois l'effet. Eh bien, la
politique, à droite ou à gauche, c'est RUBARBARA
pour moi, mon petit.

Massimo réglait son pas sur le pas traînant du
vieillard. En levant les yeux, il s'aperçut que la rue
qu'ils prenaient était la Via dell'Umilità. « Rue de
l'Humilité », se répéta-t-il.

— Monsieur Clément Roux, fit-il avec hésitation,
vous avez fait la guerre de 1914. Comment s'habi-
tuait-on à avoir des camarades avec qui l'on vivait,
sachant que dans une heure peut-être, immanqua-
blement... Cette femme par exemple... Enfin, elle
faisait partie du même groupe... L'amie d'un ami...
« Oserais-tu dire d'un amant ? pense-t-il. Cela a peu
compté pour moi. Et pour lui ? Un bris avec son
milieu. Une réaction contre son puritanisme d'homme
de gauche. Un retour à quel moment de sa jeunesse ?
Et si cela a compté davantage, c'est dans un domaine
où les mots ne vont pas... Plus sincère en ne le disant
pas qu'en le disant. » Un ami, reprit-il à voix haute.
Mais je m'étais introduit auprès de lui en fraude...
« Cela non plus n'est pas tout à fait vrai, songea-t-il,
désespéré d'arriver si mal à définir quoi que ce soit.
Dès ce séjour à Kitzbühel, je l'avais averti ; je lui avais
même conseillé de ne jamais rentrer en Italie. Je ne
pouvais faire plus. Mais dès ce moment-là, pour lui,
les jeux étaient faits. » Un ami mort, continua-t-il

179

tout haut, s'adressant moins pourtant à son compagnon qu'à soi-même. Et cette femme, je l'ai suivie tout à l'heure de loin, prudemment... C'est sur le seuil d'un café, à une distance respectueuse, comme on dit, que j'ai appris comme par hasard... Oh, je n'étais pas forcé d'y croire, moi, à l'efficacité du tyrannicide !... C'est égal, fit-il, détournant la tête pour cacher des larmes, elle a dû me mépriser au moment de mourir.

« Qu'est-ce qu'il invente », pense le vieux, un peu alarmé.

— Eh bien, mon garçon, dit-il, je n'y comprends plus rien, à ton histoire. D'abord, pour commencer, d'où sors-tu ? Monsieur conspire ? Non ? Tant mieux... Tu as une famille ? Guère, n'est-ce pas ? Un domicile ?

— Jusqu'à demain matin.

— Je m'en doutais... Et comme profession ?

— Marchand de faux passeports, dit Massimo avec un mauvais sourire.

— Ah ?... Alors, mon petit, rien à faire en ce qui me concerne... Même si je n'en n'avais pas un dans ma poche. Plus envie d'aller nulle part... A moins que tu n'en n'aies un en bonne et due forme avec lequel on soit bien tranquille chez Dieu.

— Il ne faut pas dire cela, fit gravement Massimo.

Clément Roux s'était arrêté, le dos contre un mur au haut duquel une inscription en lettres de deux pieds conseillait aux citoyens de Rome de vivre dangereusement. « Cette rue, pense-t-il, je n'y

repasserai sans doute jamais plus... Et cette Rome...
Regarder un peu autour de soi... D'autant plus que,
tout de même, c'est beau... Ces courbes insensibles
des façades qui modèlent l'espace... Et puis, cela fait
meilleur effet que d'avoir l'air de s'arrêter parce que
la fatigue... Je vais bien d'ailleurs... Étonnamment
bien... Malgré tout, on marche comme freiné... Si
quelque chose arrivait, ce petit pourrait toujours
chercher du secours... A moins que... Les nouvelles
ultimissimes de demain : Clément Roux tombé dans
la rue victime d'une crise cardiaque, dévalisé par...
Non : pas méchant, malheureux, peut-être un peu
mythomane. Si un taxi passe, je ferai tout de même
mieux de lui faire signe. »

« S'il passe un taxi, il serait plus prudent que je
l'y fasse monter, pense Massimo avec fatigue. Le
dernier était plein. » ·

— Tu parles de la guerre de 14, reprend le vieux
en se remettant en marche. A cette époque-là, je
n'étais déjà plus tout à fait d'âge... C'est mon frère
qui s'est fait tuer à Craonne. Mais on a tant menti
là-dessus que même ceux qui en sont revenus, ils
ne savent plus... Et pas seulement la guerre : la vie...
Ainsi, quand des journalistes italiens me demandent
de raconter mes souvenirs... Ma mère, qui avait
envie que je me fasse prêtre. Tu la vois, la dame de
la ferme, et son chapeau de peluche pour aller à
l'église les dimanches d'hiver... Et puis Paris, et le
travail, et les emmerdements habituels de l'artiste

qui ne se débrouille pas. Et puis la gloire... Sans raison, parce que le vent a tourné. Je ne m'étais jamais rendu compte qu'il y avait tant de marchands de tableaux par le monde, ni tant de gens qui spéculent sur des toiles. La Bourse, les Pieds Humides, quoi... Et ceux qui se servaient de moi pour cogner sur les illustres de l'avant-veille, pour dire que Renoir n'était rien, et Manet de la petite bière... Et puis, le moment où l'on est si connu qu'on n'intéresse plus personne : Clément Roux, classé. Et dans dix ans, on les foutra au grenier, ces tableaux, parce que ce ne sera plus la mode; et dans cinquante ans, on les rependra dans les musées, y compris les faux; et dans deux cents ans, on dira que de Clément Roux, il n'y en avait pas, que c'était quelqu'un d'autre, ou même plusieurs. Et dans mille ans, il ne restera plus que dix centimètres d'une toile tellement endommagée qu'on ne sait plus ce que c'est, le grand Clément Roux, la pièce unique, repeinte, et revernie, et décapée, et rentoilée, et par-dessus le marché, peut-être un faux, elle aussi... Ma gloire... Où est-ce que j'en étais?... Mes souvenirs. Ma femme, une excellente femme, la meilleure des femmes... Bonne ménagère, pas même jalouse... Et jolie pour commencer; le corps le plus blanc qu'on puisse imaginer : comme du lait. Bien entendu, tu la connais, je l'ai peinte. Deux ans d'amour, un enfant avec sa collerette blanche dans les tableaux de 1905, et qui maintenant vend des automobiles, un autre qui est mort... Et la belle qui vieillit, qui maigrit, qui devient difficile (toujours la personne très bien, tu comprends) et avec qui on n'a pas plus envie de faire l'amour qu'avec la dame patronnesse... Oui, je l'ai peinte sous cet aspect-là aussi, en robe grise. Et puis morte... Quel changement... Et on s'habitue... Ou on s'habitue à ne pas s'habituer. Et ta compatriote, Sabine Bagration, qui se met en tête de m'aimer, et m'installe dans sa villa, dans le Midi, et nos disputes, et quand elle me menace avec son revolver... Une femme jaune, mince, intéressante, pas belle. Une femme qui aimait le malheur, comme toi. Et elle en a eu; dans son pays, elle s'est fait jeter dans un puits de mine... Et ensuite, quoi? Au fond, je n'ai pas beaucoup vécu. C'est astreignant, la peinture. Se lever de bonne heure... Se coucher tôt... J'ai pas de souvenirs.

Un second taxi passa, que ni l'un ni l'autre ne hélèrent; chacun suivait sa pensée. La lune avait pris l'aspect maléfique qu'elle a aux heures tardives où l'on n'a pas l'habitude d'être dehors, et où tout au ciel occupe une place différente. Leurs pas sonnaient dans la rue vide.

« Et voilà ce qu'il a rapporté de la vie, pensa Massimo, ce vieux gâteux couvert de gloire... Évidemment, il y a quand même ses chefs-d'œuvre... Et toi, où en seras-tu, à son âge? Et même dans dix ans... Employé d'hôtel? Correspondant d'un journal du soir?... Ce Narcisse vieilli qui ne peut pas s'empêcher de regarder dans la vitre des vitrines si par hasard arrive le visage d'une aventure?... Ou encore le fanatique qui distribue des tracts sur l'arrivée du Seigneur?... Ne t'inquiète pas... Attends... Accepte même cette barrière des sens : elle était plus proche que ne le sera peut-être aucune femme, mais tu ne pouvais supporter l'odeur huilée et poivrée de ses cheveux... Accepte de n'avoir pas tout à fait cru en ce qu'ils croyaient... Accepte qu'ils soient morts : tu mourras un jour. Accepte même (il le faut bien) d'avoir été entamé par l'infamie... Attends... Pars de ce que tu es... En ce moment, tu ramènes à son hôtel ce pauvre grand homme en costume de rapin des années 1900... Par fidélité à sa jeunesse?... Si conventionnel. Ces Français... »

— Monsieur Roux, reprend-il, revenant à la charge, d'autant plus libre qu'il n'espère plus tout à fait être écouté. Cet ami mort... Carlo Stevo...

— Oui, je sais qui est Carlo Stevo, fait distraitement le peintre.

— Je sais que cela ne peut guère vous intéresser, continue-t-il d'une voix tremblante, mais, tout de même, c'est un peu comme pour vos souvenirs. Personne qui comprenne... Et si vite l'oubli. Oh, ils parlent de Carlo Stevo; ils en parleront encore plus, demain, quand ils auront appris sa mort. Mais sans savoir... Un grand écrivain, un homme de génie fourvoyé dans la politique, diront ceux qui ne l'insultent pas... Tout ce bruit autour d'une misérable lettre extorquée, mais personne, pas même moi, qui ose regarder en face les sévices, la misère corporelle, l'épuisement, le doute peut-être au moment de mourir... Non, personne. Si prudente, d'ailleurs, sa lettre qui ne révélait rien d'essentiel, qui discréditait le régime à l'instant même où il semblait demander grâce. Subtile... Mais ils ne comprennent pas non plus qu'un mourant accepte d'avoir l'air de lâcher prise, de renoncer à ce à quoi il croyait croire, veuille mourir seul, même sans ses convictions, tout seul... Carlo Stevo, et son courage d'aller en tout jusqu'au bout de ses forces, par-delà ses forces... De succomber ignominieusement, d'être ridicule... De mal parler l'allemand, par exemple... Sa capacité de comprendre, son incapacité de mépriser... Ce sens merveilleux de Beethoven : ces soirs où nous avons fait tourner dans la chambre de la Spiegelgasse tous les disques des derniers quatuors... Sa gaieté d'homme triste... Et si j'avais été le seul à suivre, à partager, à donner à quelqu'un ce bref bonheur que ceux qui disent l'aimer si souvent ne donnent pas ?... Et ses livres, dont on parle, mais que personne ne lit plus... Il n'y a finalement plus que moi qui sois son témoin... S'il avait vécu j'aurais peut-être appris quelque chose... TZARSTVO TEBE NEBESNOE conclut-il, passant sans s'en apercevoir à la prière des morts en slavon d'église.

— Tout ça... dit Clément Roux. Tout ça...

Au détour d'une ruelle, ils se trouvèrent subitement devant une petite place qui n'était guère tout entière que la vasque d'une fontaine énorme. Des dieux de marbre présidaient à cet immense ruissellement; des tourbillons, des remous, ou au contraire des petites flaques tranquilles se formaient au creux de rochers de pierre sculptée que le temps, l'humidité, l'usure avaient transformés en vrais rochers. Une folie baroque, un décor d'opéra mythologique était devenu peu à peu un grand monument naturel qui maintenait au cœur de la ville la présence de la roche et celle de l'eau plus vieilles et plus jeunes que Rome.

— Nom de Dieu! c'est beau, dit Clément Roux. Aide-moi à descendre les marches... Ça glisse. J'aimerais m'asseoir un peu sur le bord.

Massimo resta debout. « L'eau qui lave, pensa-t-il, l'eau qu'on boit, l'eau qui prend et perd toutes les formes... L'eau qu'on a peut-être refusée à un fiévreux, là-bas, aux îles Lipari... » Un souvenir presque oublié lui revint, bouleversant de réalité, se superposa à cette place, cette fontaine, ce vieil homme assis sur cette margelle. L'eau d'un fleuve, l'immense masse liquide qu'il a descendue avec sa mère et leurs compagnons lors du dangereux voyage accompli pour s'évader du pays natal. Il revoit les îles submergées par les crues au printemps, les coucous s'appelant d'une rive à l'autre, le sentiment d'une aventure illimitée et toute neuve, son ravissement qui contrastait avec la crainte et le harassement des

adultes. La nuit, on dormait dans des fermes aban-
données, prenant soin de s'étendre au ras du sol,
sur la paille. Parfois, une escouade de cavalerie
passait; des hommes chantaient, ou sans s'arrêter,
distraitement, pour le plaisir, ils tiraient sur les
vitres accrochant le clair de lune. « Des balles perdues,
songe-t-il. Qu'est-ce qui me fait penser à ces balles
perdues ? »

— Tu comprends, dit le vieux, je ne voudrais pas
que tu croies... Il y a tout de même des choses bien...
Des choses qu'on voudrait... Cette fontaine, par
exemple, je tenais un peu à la revoir avant mon
départ, mais, dans ces petites rues, on n'est jamais
sûr de rien retrouver... Des choses si belles qu'on
s'étonne qu'elles soient là. Des bouts, des fragments...
Paris tout gris, Rome dorée... La Colonne, là-bas, où
nous étions, tu l'as vue, comme un cadran lunaire ?...
Et le Colisée, il est bien, le Colisée, n'est-ce pas, le
pâté cuit et recuit, la grosse croûte de pierre pleine
au-dedans de gladiateurs... Et les jets d'eau qui sont
des obélisques vivants... Et puis, partout, n'importe
quoi, une cafetière ou une cathédrale... Et des visages
merveilleux, comme le tien... Et puis, des corps...

Il baisse la tête sur le menton, remplit sa paume
d'eau, la regarde s'égoutter le long de ses gros doigts,
recommence :

— Des corps de femmes... Pas tellement les
modèles, avec leur nu à tant par heure... Ni le nu
fade des putains, ni le nu au théâtre, si fardé qu'on

ne voit plus la peau... Et les femmes de mon temps, avec un peu partout la marque de leur corset, et celles d'aujourd'hui avec leur gaine comme elles disent, et autour de la taille un bourrelet comme de la chair de poule. Et presque pas un pied parfait, net et pur... Mais de temps en temps... La chair aperçue sous le vêtement comme un doux secret dans ce monde dur... Le corps sous l'étoffe... L'âme sous le corps... L'âme du corps... Ainsi, il y a long-temps, sur une plage, dans un endroit désert, en Sicile, une petite fille nue... Douze ou treize ans... Dans le jour frisant du petit matin... Avec une chemise qu'elle a enlevée quand elle m'a vu, pour se faire plaisir, je suppose. Innocente et pas inno-cente... Tu vois cela, la petite Vénus sortant des ondes... Et les jambes un peu plus pâles que le reste, parce qu'on les voyait sous l'eau... Oh, il ne faut pas que tu t'imagines : trop jeune, et puis trop belle... Quoique j'aurais pu, après tout... Et je ne l'ai pas peinte non plus, parce que les nus faits de souvenir... Mais je l'ai mise çà et là, un peu partout, une certaine manière de montrer la lumière jouant sur un corps. Ce sont des choses qui vous aident à l'heure de mourir.

Ses mains maladroites remontèrent le col de sa pèlerine comme s'il avait soudain froid :

— Je crois... Je crois que je m'enrhume, bégaya-t-il.

— Il faut rentrer, Monsieur Clément Roux, il est plus d'une heure du matin.

— Oui, dit-il, je comprends... Messieurs, on ferme... Je viens, mais pas tout de suite... Ne t'impatiente pas. Il faut d'abord finir le portrait de la baronne Bernheim... Je rentre en France. Le docteur Sarte...

Massimo tressaillit. Clément s'en aperçut sans y attacher d'importance. Préoccupé :

— ... dit que ce pays-ci ne me vaut rien en cette saison... Les premières chaleurs... J'espère que le valet aura cordé ma malle. Le train de dix heures quinze. Mais d'abord...

Et serrant convulsivement les doigts de Massimo, confidentiel :

— C'est dur de s'en aller quand on commence à savoir, quand on a appris... Et on continue à peindre, on ajoute des formes à ce monde plein de formes... Malgré la fatigue. Et j'ai été solide, moi, sais-tu, l'ouvrier de la ferme... Et même aujourd'hui, les jours où je vais bien, je me sens éternel... Seulement, quand ça flanche, il y a maintenant en moi quelqu'un qui dit oui. Dire oui à la mort...

Son rabâchage devenait de l'ivresse. Il sortit de sa poche une pièce de dix lires, la retourna dans le creux de sa main.

— Pendant l'averse, comme je t'ai dit, je m'étais mis à l'abri sous une arche. Trempé quand même... Une vieille bonne femme a dû me prendre pour un mendiant. Elle m'a donné ça... Hein, c'est drôle ?... Oh, pas d'erreur : elle n'était pas saoule... C'était peut-être une restitution.

189

« C'est lui qui est saoul, songe Massimo avec dégoût. Saoul de fatigue. Cette grotesque, cette lamentable veillée funèbre. »

— Et ceux qui s'en vont, s'ils jettent ici une pièce de monnaie dans l'eau, reprend le vieux peintre avec son intarissable verbiage sénile, on dit qu'ils reviennent... Oui. Mais moi, pour ce que j'y ferais, dans la Ville, ça ne me tente pas d'y revenir. Plutôt voir autre chose, du vrai neuf, avec des yeux frais, des yeux lavés, des yeux purs... Mais quelle autre chose? Qui l'a vue, la Ville Éternelle? La vie, petit, ça ne commence peut-être que le lendemain de la Résurrection.

— Enfin, Monsieur Clément Roux, vous venez?

— OUI, dit le vieux.

Il lança gauchement la pièce de monnaie qui alla tomber à deux pas de lui au creux d'une rocaille.

— Vous auriez mieux fait de me la donner, ne put s'empêcher de dire Massimo.

— Tu veux mon argent?

— Je veux vous ramener, dit fermement le jeune homme.

« Il faut en finir, pense-t-il avec désespoir. Je ne peux pourtant pas le laisser en plan au bord de l'eau. »

Cette fois, s'agrippant au bras de son compagnon, Clément se mit debout. Massimo le soutenait. Soudain, levant sur lui ses yeux effrayés, le vieil homme balbutia :

— Je ne vais pas bien... Attends une minute.

— Je vais vous chercher un taxi, fit Massimo alarmé, rasseyant le malade sur le bord de la vasque. La place Colonna est à deux pas...

— Ne me laisse pas seul, proteste le vieux.

Mais, déjà, il était seul. Force lui fut de rester assis, occupé d'une douleur qui semblait se ramifier, s'étendre, remplir le tiers du bras gauche. Contrôlant sa terreur, Clément regarde autour de lui la place vide. A part un ouvrier travaillant sur la chaussée à réparer d'urgence une fuite d'eau, personne. Le petit hôtel que Clément Roux connaît en face de la fontaine est fermé à cette heure, porte et fenêtres toutes noires. Il sait d'ailleurs qu'il ne peut pas plus faire ces quelques pas que retraverser Rome. Vainement, il essaie d'éructer pour se soulager. L'eau et la roche si merveilleuses tout à l'heure ne sont plus que des substances insensibles qui ne peuvent pas lui venir en aide. La musique du flot n'est qu'un bruit qui empêcherait qu'on l'entende, s'il avait la force de crier au secours.

Puis, l'étau quelque peu se desserre. Mystérieusement, du fond de son corps, la nouvelle d'un sursis lui est une fois de plus signifiée. « Ce ne sera peut-être pas encore pour cette nuit », pense-t-il. Et, résigné, tête basse, il attend que la douleur tout à fait s'éloigne, ou au contraire revienne et l'emporte.

Il n'attendit pas longtemps. Au bout d'une minute, une automobile presque silencieuse s'approcha, épousant la courbe du trottoir. Massimo était assis à côté du chauffeur. Il sauta à terre, aida le vieil homme à se lever, le porta presque dans la voiture.

— Au César-Palace, n'est-ce pas?

Clément Roux fit signe que oui.

— Au César-Palace, dit Massimo au chauffeur.

Évitant les réparations du Service des Eaux, la voiture fit un instant machine arrière avant de s'engager dans la rue de la Stamperia. L'espace d'une seconde, la lumière du phare frappa en plein le visage du jeune homme resté debout sur le bord de la chaussée, attaquant les traits qui semblaient tout à coup moins purs, révélant le blanc douteux du linge, les plis du veston fripé. Soudain, saisi d'une inquiétude qui n'avait plus rien de mystérieux, Clément tâta son portefeuille : il était encore à sa place. Aussitôt, l'angoisse le reprit, comme s'il se trouvait devant quelque chose d'inexpliqué. Il bredouilla :

— J'aurais dû lui demander son nom.

Il frappa à la vitre pour faire faire demi-tour au chauffeur. L'homme n'entendit pas. Le visage blanc ne tenait déjà plus dans le cadre de la portière. Épuisé, Clément Roux se renfonça dans son coin, les yeux clos, ayant déjà quitté Rome, mais satisfait d'avoir été remis par l'inconnu aux soins du chauffeur, qui le confierait à son tour à ceux d'un concierge d'hôtel, repris par la rassurante routine des petites réalités.

Il faisait nuit sur les plaines, sur les collines, nuit sur la Ville, nuit sur les îles et nuit sur la mer Une inondation de nuit couvrait la moitié du monde. Il faisait nuit sur le pont des secondes du bateau de Palerme où Paolo Farina, laissant glisser sa serviette de cuir, mêlait son ronflement aux murmures de la mer de Sicile. Rome, anesthésiée par la nuit, semblait sise au bord du Léthé. César dormait, oubliant qu'il était César. Il se réveilla, rentra à l'intérieur de sa personne et de sa gloire, regarda l'heure, exulta d'avoir montré au cours de l'incident de la veille le sang-froid qui convient à un homme d'État. « Ardeati, née Ardeati », pense-t-il, ruminant le nom qu'il s'est fait épeler quelques heures plus tôt, « la fille du vieux Giacomo... » Et il revoit à une distance démesurée la cuisine de l'appartement de Cesena, une discussion sur les mérites réciproques de Marx et d'Engels, le café que la mère Ardeati servait à l'époque où le café était pour lui une denrée rare.

« Ce qu'il y avait de mieux en eux, je l'ai amalgamé à mon programme, se dit-il. Ces bavards n'auraient jamais su gouverner un peuple. » Et il se retourne sur l'oreiller, l'âme en paix, sûr d'avoir en tout l'approbation des gens d'ordre.

Giulio Lovisi ne dort pas; il fait ses comptes, appuyé sur son traversin, dérangé par les chuchotements de Giuseppa et de Vanna qui, de l'autre côté de la cloison, discutent fiévreusement, à n'en plus finir, les chances d'immédiat retour d'un Carlo assagi, pensant comme tout le monde, réconcilié avec les bons principes et le grand homme. Les deux femmes se tiennent dans l'obscurité de peur de réveiller l'enfant, qui d'ailleurs ne dort pas. L'infirme devine l'excitation des grandes personnes, s'irrite d'en être exclue, demande de la limonade pour attirer l'attention sur elle. Alessandro ne dort pas non plus. Retenu à la Permanence du Parti, blême, décomposé de fatigue, mais très maître de soi, il explique à un personnage haut placé ce qu'il sait des agissements de sa femme dans ces derniers mois, c'est-à-dire presque rien. Un gardien de nuit serviable apporte des verres d'eau à ces Messieurs.

Don Ruggero dormait dans son Asile, et ses rêves ne se distinguaient pas de ceux des gens sains d'esprit. Lina Chiari couchait avec son cancer; elle rêvait de Massimo, qui ne rêvait pas d'elle. Les morts dormaient, mais personne ne savait leurs rêves. Dans une chambre du César-Palace, Clément Roux se repose de sa longue promenade, vautré au milieu d'une nature morte de valises béantes, de souliers jetés au hasard, de gilets de flanelle appendus à des bras de fauteuil. Il va mieux; il dort avidement, comme on mange; son vieux corps à l'abandon n'est plus qu'une masse de chair grise et de poils gris. Dans la pièce voisine, une veilleuse électrique, pareille à une grosse luciole qui se serait introduite par la fenêtre mi-close, éclaire doucement une dormeuse; une nuit de luxe tapisse la chambre où Angiola sommeille dans les draps d'Angiola Fidès. Son visage démaquillé, tranquille, çà et là recouvert par ses cheveux qui bougent, a la même innocente beauté que ses seins et ses bras nus. Dans la salle de bain, les roses d'Alessandro gisent dans le bassin au bord d'une flaque d'eau. L'impécunieuse Miss Jones a manqué son train, n'ayant pas voulu quitter le Cinéma Mondo avant la fin du film; elle dort mal dans la chambre sordide qu'elle a louée à deux pas de la gare. Dida somnole comme une poule entre ses deux paniers dans la cour du palais Conti; sa Tullia et sa Maria dos à dos sous leur couverture élimée et propre profitent de leur reste de sommeil avant de descendre au champ et à la serre; Ilario se demande sans grande inquiétude ce qu'a bien pu devenir la vieille.

Vers deux heures du matin, Massimo a mangé un sandwich et bu le jus noir d'un café dans un bar prêt à fermer du quartier de la gare. Rentré chez lui, dans son garni de la rue San Nicola da Tolentino, il dort à demi vêtu, jeté en travers sur son lit, statue respirante et tiède de jeune dieu. Soudain, le garçon se réveille, hésite au bord de l'inconscience, se couvre brusquement le visage du coude comme frappé par un souvenir. Il se lève, repousse d'un coup de talon sous le lit la valise qu'il avait tirée au milieu de la pièce, car enfin, il ne s'agit pas d'avoir l'air de prendre la fuite. Mais, en esprit, il se prépare au départ. Devant l'armoire entrouverte, il ne peut s'empêcher de songer que c'est heureux qu'il se soit fait faire par Duetti un complet avant de quitter Rome. Honteux de cette pensée comme d'une fantaisie obscène, il s'approche de la fausse cheminée sur la tablette de laquelle sont posés ses livres. Un Chestov, un Berdiaeff, un volume d'une traduction allemande de Kierkegaard, *Alcools* d'Apollinaire, *Das Stundenbuch* de Rilke, et deux des ouvrages de Carlo Stevo. « Je ne puis rien emporter de tout cela », pense-t-il. Puis, se ravisant, il soupèse les deux volumes qu'il possède de son ami, choisit le plus mince, le glisse parmi les objets destinés au départ, et, foudroyé par le sommeil, se rendort assis devant la table la tête dans les mains.

Dans les musées de Rome, la nuit emplit les salles où sont les chefs-d'œuvre : *La Furie endormie*, *L'Hermaphrodite*, *La Vénus Anadyomène*, *Le Gladiateur mourant*, blocs de marbre soumis aux grandes lois générales qui régissent l'équilibre, le poids, la densité, la dilatation et la contraction des pierres, ignorants à jamais du fait que des artisans morts depuis des millénaires ont façonné leur surface à l'image de créatures d'un autre règne. Les ruines des monuments antiques font corps avec la nuit, fragments privilégiés du passé, à l'abri derrière leur grille, avec la chaise vide du contrôleur à côté du tourniquet d'entrée. A la Triennale d'Art Moderne, les tableaux ne sont plus que des rectangles de toile montés sur châssis, inégalement encroûtés d'une couche de couleurs qui en ce moment sont du noir. Dans sa tanière garnie de barreaux, la Louve sur les pentes du Capitole hurle à la nuit; protégée par les hommes, mais inquiète d'avoir à subir leur proximité, ne sachant pas qu'elle est un symbole, elle tressaille à la vibration des rares camions qui longent le pied de la colline. C'est l'heure où dans les étables attenantes aux abattoirs, les bêtes qui demain iront finir dans les assiettes et dans les égouts de Rome mâchent une bouchée de paille, appuient sur le cou de leur compagnon de chaîne leur mufle ensommeillé et doux. C'est l'heure où dans les hôpitaux les malades atteints d'insomnie attendent avec impatience la prochaine tournée de l'infirmière de nuit; c'est le moment où les filles au salon se disent qu'on ira bientôt dormir. Dans les imprimeries des journaux, les rotatives tournent, produisent pour les lecteurs du matin une version arrangée des incidents de la veille; des nouvelles vraies ou fausses crépitent dans des récepteurs; des rails luisants dessinent dans la nuit la figure des départs.

Le long des rues, de haut en bas des maisons noires, les dormeurs s'étagent comme des morts aux flancs des catacombes; les époux dorment, portant dans leurs corps moites et chauds les vivants de l'avenir, les révoltés, les résignés, les violents et les habiles, les saints, les sots, les martyrs. Une nuit végétale, pleine de sèves et de souffles, plie et frissonne dans les pins du Pincio et de la Villa Borghèse, restes des immenses jardins patriciens d'autrefois détruits par la spéculation qui sévit sur les villes. Le chant des fontaines s'élève plus pur et plus aigu dans la nuit silencieuse; et, sur la place de Trevi, où une onde noire coulait au pied du Neptune de pierre, Oreste Marinunzi, l'ouvrier du Service des Eaux, ayant réparé sa fuite, enjamba rapidement la balustrade du bassin, plongea les deux mains dans l'anfractuosité d'un rocher, racla au hasard, et en retira quelques pièces de monnaie jetées à l'eau par les imbéciles.

Il était quelque peu déçu; sa pêche était maigre; la pièce la plus importante n'était que de dix lires : il fallait croire que les touristes étrangers étaient moins nombreux, ou devenus plus pauvres. Il pensa un instant rappeler ses camarades d'équipe pour leur offrir une tournée, mais l'aubaine ne justifiait pas cette munificence; ils étaient déjà loin, et d'ailleurs il n'était pas bon que trop de gens connussent le coup de la fontaine. Avec ça, il aurait tout au plus de quoi s'acheter une cravate pour le baptême, ou une ou deux bouteilles d'Asti pour boire en famille à la santé de l'accouchée. A supposer toutefois que tout allât bien : Oreste Marinunzi proféra en esprit quelque chose qui ressemblait à une prière aux divinités de l'enfantement. A dire vrai, ni Attilia ni lui n'avaient besoin de ce quatrième, mais quand les enfants viennent, comment faire? Vers les huit heures, Oreste avait laissé derrière soi au Trastevere leurs deux pièces sens dessus dessous, des bassines d'eau, du bouillon et du café réchauffés par les voisines, des cierges bénits allumés devant la Madone, des femmes agitées et bavardes, et Attilia ruisselante de sueur, les cheveux défaits, toute pâle. Ce n'était pas une de ces occasions où un homme a plaisir à rentrer chez soi.

Indifférent à son bas de pantalon trempé, il se dirigea du pas sûr d'un habitué vers une petite taverne à côté de la gare où les amis du patron pouvaient se rafraîchir en paix toute la nuit sans qu'il fût question de fermeture. Ce n'était pas qu'il fût un mauvais mari, au contraire : c'était même plus décent de laisser les femmes se débrouiller entre elles. Sitôt passée la porte doublée à l'intérieur d'un rideau de perles, parce que ce serait bientôt l'été, Oreste s'aperçut avec mécontentement que ce n'était pas le vieux patron, qui était brave homme, qui somnolait cette nuit-là au comptoir, mais son neveu qui finissait toujours par vous chercher querelle. La salle était vide, sauf pour un groupe de cheminots qui n'étaient pas de sa connaissance, et deux Allemands aux genoux nus, des havresacs entre les jambes, à qui Oreste tourna le dos, parce qu'il n'aimait pas à être regardé de haut par des étrangers. Il commanda une bouteille de vin de Genzano, et s'apprêta à boire en connaisseur, d'un air fin.

Le vin n'était pas des meilleurs, mais c'était quand même buvable. La première bouteille lui rendit confiance : les couches d'Attilia seraient faciles, parce que c'était la pleine lune. Lui, Oreste, ne donnait pas dans ces superstitions de femme, mais c'était plaisant de s'en souvenir à ces moments-là. A en croire la voyante, le quatrième serait un garçon, comme les autres; c'est plus commode à élever que les filles; ça sert son pays; ça devient peut-être un jour une vedette de journaux sportifs. Il regarda autour de lui : le mur était orné d'une photographie du dictateur soutenue par trois punaises, et d'une affiche où l'on voyait une belle fille d'Amalfi ramasser des oranges dans son tablier. Oreste leva son verre à la santé du Chef de l'État : dans sa jeunesse, il avait payé régulièrement sa cotisation à un parti socialiste : cet argent-là, on aurait aussi bien pu le boire. Maintenant, en sa qualité de père de famille, Oreste Marinunzi en tenait pour le parti de l'ordre :

il savait honorer comme il convient un vrai grand homme, un homme qui parlait haut, qui en remontrait aux étrangers, un homme grâce à qui le pays compterait lors de la prochaine guerre. Des enfants, il en fallait pour faire un grand peuple.

La deuxième bouteille était meilleure que la première. La distance subitement doubla entre lui et la chambre où Attilia criait entre les mains des voisines. Une belle femme, Attilia, pour sûr, aussi bien dans son genre que la fille aux oranges, mais ce ne sont pas les belles filles qui manquent. Justement, une jolie blonde venait d'entrer avec une valise; elle s'assit contre le mur, sur la chaise à côté de la porte, en femme qui a un peu peur d'être là toute seule. Le rideau de perles se prit dans ses cheveux pâles; avec un petit cri, elle les dégagea. Oreste se leva galamment dans l'intention de lui venir en aide. Miss Jones effrayée détourna les yeux de cet homme ivre. Son train économique, sans supplément d'express, ne partait qu'aux petites heures du matin. Elle s'était levée trop tôt, inquiétée par des bruits qui provenaient de la chambre voisine; la salle d'attente de la gare eût été un refuge, mais à cette heure indue, elle hésitait à retraverser la rue avec sa valise.

Miss Jones quittait sans regret ce pays où l'avaient conduite tous les poètes et tous les romanciers de l'Angleterre. En Sicile elle s'était débattue avec des servantes indolentes, des nourritures insolites, des robinets sans eau, et l'horreur des petits oiseaux massacrés à la carabine par les adroits chasseurs sous les amandiers fleuris de Gemara. Rome lui avait été gâtée par l'attente anxieuse d'un chèque, par l'avanie que lui avait faite dans un magasin du Corso cette femme qui n'était pas une dame, et par les regards amoureux des hommes dont les invites semblaient à cette frêle petite nymphe à la fois une insulte et un danger. Elle espérait que Gladys, son amie d'autrefois, consentirait de nouveau à partager avec elle le lit-divan de son appartement de Londres, et saurait lui retrouver une place de secrétaire. Elle aspirait aux rôties du matin, au thé du soir, aux places à bon marché pour les opérettes à la mode, aux confidences sentimentales de Gladys, à ses rassurantes câlineries qui tenaient de l'amitié et du tendre amour. Et, regardant sa montre toutes les cinq minutes, Miss Jones rêvait de ciel gris, comme d'ici quelques mois elle regretterait amèrement le ciel bleu.

Oreste se rassit, ce qui d'ailleurs était plus sauf. La belle Anglaise n'était pas tout à fait si jeune qu'il avait cru. « Ce ne sont pas vraiment des femmes », grommela-t-il. Attilia par contraste reprit toute sa valeur : ce n'était pas sa faute si sa vieille était trop regardante, et n'y avait jamais été d'un billet de banque pour achever de payer l'armoire à glace ou dégager la vaisselle du Mont-de-Piété. Il avait cru se marier dans une famille qui avait de l'argent, mais ce sournois d'Ilario hériterait de tout; la Dida ne laisserait seulement pas à Attilia de quoi s'acheter du deuil. Une délicate tristesse émanait du fond de la seconde bouteille. On ne l'estimait pas à son prix : parce qu'un jour de boisson, il lui était arrivé de dire qu'il serait agréable de couper le cou à la belle-mère, on le traitait d'assassin, lui, Oreste Marinunzi, qui était trop doux pour saigner un veau. Et ce sournois d'Ilario en profitait pour l'éconduire sans lui offrir un petit verre quand il allait à Ponte Porzio. Voluptueusement, il s'imagina étranglant la vieille, inventa des détails précis, dégusta tout le délice qu'il y aurait à s'emparer sous ses yeux du petit sac de peau où elle cachait le bien qui aurait dû revenir à Attilia et à ses enfants. Mais ces actes de justice ne mènent jamais qu'en prison, les juges ne comprenant pas combien on a été d'abord maltraité par ceux qu'on tue. Il soupira, remit la scène dans le tiroir aux rêves, à côté de celle où il disait son fait au Directeur du Service des Eaux qui n'avait pas augmenté son salaire, à Attilia qui l'accusait d'être un ivrogne, et au boucher du quartier qui serrait de trop près Attilia. Et pour consoler cet Oreste à qui tout le monde manquait de respect, il commanda du rhum avec sa troisième bouteille.

Aussitôt, une modification pareille à un changement de vitesse se produisit dans le rythme de son ivresse. Il ne s'agissait plus de boire pour boire, mais pour arriver à un moment suprême, comme avec une femme, pour atteindre à un état sublime où Oreste Marinunzi ne comptait plus. Une splendeur perçue de lui seul le recouvrit comme un manteau de pourpre; des grappes de raisins sauvages s'emmêlèrent à ses mèches de cheveux. La première lampée fit de lui le légataire universel de Mère Dida et le propriétaire de Ponte Porzio; on emménageait à la campagne avec Attilia et les quatre enfants; Tullia, Maria et ce sournois d'Ilario avaient subitement disparu, éliminés de l'univers par un acte de volonté divine; précairement balancé sur trois pieds de chaise, Oreste Marinunzi se grisa en paix sous une tonnelle. Toutes les conduites d'eau de Rome pouvaient fuir, il ne se dérangerait plus. Heureux comme un riche, il devint bon : Ilario et ses fumiers de sœurs eurent le droit d'occuper la cahute au fond du jardin. Il voulut du bien aux cheminots, aux Allemands, à l'Anglaise qui après tout n'était pas si mal; le neveu du patron, qui à ce moment projetait de le flanquer dehors, lui parut tout à coup un ami, un vrai, sur lequel on pouvait compter autant et plus que sur un frère. La troisième lampée le fit puissant; il crut nécessaire de se lever pour prononcer un grand discours comme celui de la veille, et Oreste Marinunzi, ayant doublé les salaires, baissé le prix des vivres, gagné une guerre, et obtenu à jamais sa place au soleil.

se rassit heureux comme un roi ou plutôt comme un dictateur.

A la quatrième lampée, des idées qu'il n'avait pas l'habitude d'avoir lui vinrent à l'esprit; il pensa; il regarda le calendrier célébrant les vertus d'une marque d'amers, et il se demanda ce que ça signifie, le jour, le mois et l'année; il trouva très drôles les premières mouches de la saison suspendues à leur piège de papier gommé, et s'efforçant faiblement de s'en arracher avant de mourir; content d'avoir si bien retenu les leçons de l'école, il se dit qu'en somme c'est comme ça, la tête en bas, que les hommes marchent sur cette grosse boule qui tourne. Précisément, tout tournait : une valse majestueuse emportait les murs, le calendrier aux amers, l'affiche aux oranges, le portrait du Chef de l'État, et sa propre main essayant vainement de stabiliser une bouteille. Une lampée de plus, et ses yeux se fermèrent comme si la nuit, malgré tout, valait mieux que le spectacle d'une salle d'auberge; le point d'appui du mur manqua au dossier de sa chaise; il roula sur le sol sans s'apercevoir qu'il tombait, et il fut heureux comme un mort.

ŒUVRES DE
MARGUERITE YOURCENAR

MISHIMA OU LA VISION DU VIDE (Gallimard, 1981).

LE TEMPS, CE GRAND SCULPTEUR (Gallimard, 1983).

EN PÈLERIN ET EN ÉTRANGER (Gallimard, 1989).

LE TOUR DE LA PRISON (Gallimard, 1991).

★

DISCOURS DE RÉCEPTION DE MARGUERITE YOUR-
CENAR à l'Académie Royale belge de Langue et de Littérature françaises,
précédé du discours de bienvenue de CARLO BRONNE (Gallimard,
1971).

DISCOURS DE RÉCEPTION À L'ACADÉMIE FRANÇAISE
DE Mme M. YOURCENAR et RÉPONSE DE M. J. D'OR-
MESSON (Gallimard, 1981).

Théâtre

THÉÂTRE I : RENDRE À CÉSAR. — LA PETITE SIRÈNE.
— LE DIALOGUE DANS LE MARÉCAGE (Gallimard, 1971).

THÉÂTRE II : ÉLECTRE OU LA CHUTE DES MASQUES.
— LE MYSTÈRE D'ALCESTE. — QUI N'A PAS SON
MINOTAURE ? (Gallimard, 1971).

Poèmes et Poèmes en prose

FEUX (Gallimard, 1974).

LES CHARITÉS D'ALCIPPE, nouvelle édition (Gallimard, 1984).

Correspondance

LETTRES À SES AMIS ET QUELQUES AUTRES (Gallimard,
1995).

Traductions

Virginia Woolf : LES VAGUES (Stock, 1937).

Henry James : CE QUE SAVAIT MAISIE (Laffont, 1947).

PRÉSENTATION CRITIQUE DE CONSTANTIN CAVAFY, suivie d'une traduction intégrale des POÈMES par M. Yourcenar et C. Dimaras (Gallimard, 1958).

FLEUVE PROFOND, SOMBRE RIVIÈRE, «Negro Spirituals», commentaires et traductions (Gallimard, 1964).

PRÉSENTATION CRITIQUE D'HORTENSE FLEXNER, suivie d'un choix de POÈMES (Gallimard, 1979).

LA COURONNE ET LA LYRE, présentation critique et traductions d'un choix de poètes grecs (Gallimard, 1979).

James Baldwin : LE COIN DES « AMEN » (Gallimard, 1983).

Yukio Mishima : CINQ NÔ MODERNES (Gallimard, 1984).

BLUES ET GOSPELS, textes traduits et présentés par Marguerite Yourcenar, images réunies par Jerry Wilson (Gallimard, 1984).

LA VOIX DES CHOSES, textes recueillis par Marguerite Yourcenar, photographies de Jerry Wilson (Gallimard, 1987).

Collection « Bibliothèque de la Pléiade »

ŒUVRES ROMANESQUES : ALEXIS OU LE TRAITÉ DU VAIN COMBAT — LE COUP DE GRÂCE — DENIER DU RÊVE — MÉMOIRES D'HADRIEN — L'ŒUVRE AU NOIR — ANNA, SOROR... — UN HOMME OBSCUR — UNE BELLE MATINÉE — FEUX — NOUVELLES ORIENTALES — LA NOUVELLE EURYDICE (Gallimard, 1982).

ESSAIS ET MÉMOIRES : SOUS BÉNÉFICE D'INVEN-TAIRE — MISHIMA OU LA VISION DU VIDE — LE TEMPS, CE GRAND SCULPTEUR — EN PÈLERIN ET EN ÉTRANGER — LE TOUR DE LA PRISON — LE LABYRINTHE DU MONDE, I, II et III — PINDARE — LES SONGES ET LES SORTS — ARTICLES NON RECUEILLIS EN VOLUME (Gallimard, 1991).

Collection « Biblos »

SOUVENIRS PIEUX — ARCHIVES DU NORD — QUOI ? L'ÉTERNITÉ (LE LABYRINTHE DU MONDE, I, II et III) (Gallimard, 1990).

L'IMAGINAIRE
GALLIMARD

Axée sur les constructions de l'imagination, cette collection vous invite à découvrir les textes les plus originaux des littératures romanesques française et étrangères.

Derniers volumes parus

371. Jacques Stephen Alexis : *Les arbres musiciens*.

372. André Pieyre de Mandiargues : *Porte dévergondée*.

373. Philippe Soupault : *Le nègre*.

374. Philippe Soupault : *Les dernières nuits de Paris*.

375. Michel Leiris : *Mots sans mémoire*.

376. Daniel-Henry Kahnweiler : *Entretiens avec Francis Crémieux*.

377. Jules Supervielle : *Premiers pas de l'univers*.

378. Louise de Vilmorin : *La lettre dans un taxi*.

379. Henri Michaux : *Passages*.

380. Georges Bataille : *Le Coupable* suivi de *L'Alleluiah*.

381. Aragon : *Théâtre/Roman*.

382. Paul Morand : *Tais-toi*.

383. Raymond Guérin : *La tête vide*.

384. Jean Grenier : *Inspirations méditerranéennes*.

385. Jean Tardieu : *On vient chercher Monsieur Jean*.

386. Jules Renard : *L'œil clair*.

387. Marcel Jouhandeau : *La jeunesse de Théophile*.

388. Eugène Dabit : *Villa Oasis ou Les faux bourgeois*.

389. André Beucler : *La ville anonyme*.

390. Léon-Paul Fargue : *Refuges*.

391. J.M.G. Le Clézio : *Terra Amata*.

393. Jean Giraudoux : *Les contes d'un matin*.

394. J.M.G. Le Clézio : *L'inconnu sur la terre*.

395. Jean Paulhan : *Les causes célèbres*.

396. André Pieyre de Mandiargues : *La motocyclette*.

397. Louis Guilloux : *Labyrinthe*.

398. Jean Giono : *Cœurs, passions, caractères*.

399. Pablo Picasso : *Les quatre petites filles*.

400. Clément Rosset : *Lettre sur les Chimpanzés*.

401. Louise de Vilmorin : *Le lit à colonnes*.

402. Jean Blanzat : *L'Iguane*.

403. Henry de Montherlant : *Les Bestiaires*.

404. Jean Prévost : *Les frères Bouquinquant*.

405. Paul Verlaine : *Les mémoires d'un veuf*.

406. Louis-Ferdinand Céline : *Semmelweis*.

407. Léon-Paul Fargue : *Méandres*.

408. Vladimir Maïakovski : *Lettres à Lili Brik (1917-1930)*.

409. Unica Zürn : *L'Homme-Jasmin*.

410. V.S. Naipaul : *Miguel Street*.

411. Jean Schlumberger : *Le lion devenu vieux.*
412. William Faulkner : *Absalon, Absalon !*
413. Jules Romains : *Puissances de Paris.*
414. Iouri Kazakov : *La petite gare et autres nouvelles.*
415. Alexandre Vialatte : *Le fidèle Berger.*
416. Louis-René des Forêts : *Ostinato.*
417. Edith Wharton : *Chez les heureux du monde.*
418. Marguerite Duras : *Abahn Sabana David.*
419. André Hardellet : *Les chasseurs I et II.*
420. Maurice Blanchot : *L'attente l'oubli.*
421. Frederic Prokosch : *La tempête et l'écho.*
422. Violette Leduc : *La chasse à l'amour.*
423. Michel Leiris : *À cor et à cri.*
424. Clarice Lispector : *Le bâtisseur de ruines.*
425. Philippe Sollers : *Nombres.*
426. Hermann Broch : *Les Irresponsables.*
427. Jean Grenier : *Lettres d'Égypte, 1950,* suivi de *Un été au Liban.*
428. Henri Calet : *Le bouquet.*
429. Iouri Tynianov : *Le Disgracié.*
430. André Gide : *Ainsi soit-il* ou *Les jeux sont faits.*
431. Philippe Sollers : *Lois.*
432. Antonin Artaud : *Van Gogh, le suicidé de la société.*
433. André Pieyre de Mandiargues : *Sous la lame.*
434. Thomas Hardy : *Les petites ironies de la vie.*
435. Gilbert Keith Chesterton : *Le Napoléon de Notting Hill.*
436. Theodor Fontane : *Effi Briest.*
437. Bruno Schulz : *Le sanatorium au croque-mort.*
438. André Hardellet : *Oneïros* ou *La belle lurette.*
439. William Faulkner : *Si je t'oublie, Jérusalem. Les palmiers. sauvages.*
440. Charlotte Brontë : *Le professeur.*
441. Philippe Sollers : *H.*
442. Louis-Ferdinand Céline : *Ballets sans musique, sans rien*, précédé de *Secrets dans l'île* et suivi de *Progrès.*
443. Conrad Aiken : *Au-dessus de l'abysse.*
444. Jean Forton : *L'épingle du jeu.*
446. Edith Wharton : *Voyage au Maroc.*
447. Italo Svevo : *Une vie.*
448. Thomas de Quincey : *La nonne militaire d'Espagne.*
449. Anne Brontë : *Agnès Grey.*

Achevé d'imprimer par Dupli-print,
à Domont (95), le 2 janvier 2013.
Dépôt légal : janvier 2013
Premier dépôt légal : août 1982
Numéro d'imprimeur : 220967

ISBN 978-2-07-022727-8/Imprimé en France

250667